万事如镜

现代寓言哲思故事

水荣 —— 著

人民东方出版传媒
People's Oriental Publishing & Media

东方出版社
The Oriental Press

图书在版编目（ＣＩＰ）数据

万事如镜/沈水荣著 . —北京：东方出版社，2024.1
ISBN 978-7-5207-3714-2

Ⅰ.①万… Ⅱ.①沈… Ⅲ.①故事 – 作品集 – 中国 – 当代 Ⅳ.① I247.81

中国国家版本馆 CIP 数据核字（2023）第 200147 号

万事如镜
（WAN SHI RU JING）

责任编辑：	鲁艳芳　黎民子
插画绘者：	孙文君
出　　版：	东方出版社
发　　行：	人民东方出版传媒有限公司
地　　址：	北京市东城区朝阳门内大街 166 号
邮政编码：	100010
印　　刷：	北京联兴盛业印刷股份有限公司
版　　次：	2024 年 1 月第 1 版
印　　次：	2024 年 1 月北京第 1 次印刷
开　　本：	880 毫米 ×1230 毫米　1/32
印　　张：	9.25
字　　数：	200 千字
书　　号：	ISBN 978-7-5207-3714-2
定　　价：	59.80 元

发行电话：（010）85924663 85924644 85924641

当代寓言创作的一朵奇葩

——序沈水荣寓言集《万事如镜》

聂震宁

沈水荣是一介文人。念中学时他是写作爱好者。从军后在部队他一直没有放下手中的笔。从部队大校指挥员岗位转到人民出版社做社领导，在编辑出版上他多有建树。

沈水荣是一名军人。他有军人的干练，有军人的锐敏，也有军人的说一不二。在韬奋基金会，作为同事，我更多觉得他是我身边忠诚的战友。

这样一位文人＋军人，应该有文思泉涌的功底，应该有气吞山河的写作，假以时日，应该有大书问世——作为同事，我在悄悄地等候与守盼。

终于，等来了沈水荣有新书出版。然而，等

来的并不是一本大书——所谓不大，先是书的容量不大，全书只有270多页，更在于作品本身不大，全是短小文章，共收作品129篇，编成十二辑。小书不免使我有些微遗憾。老沈请我作序，作为同事，容不得推辞；作为战友，我必须认真做好。

待读完全书，我不禁大吃一惊，这虽然是一本小书，可这本小书竟然是内涵丰富的现代寓言集。当代人撰写寓言——不是那种写给小朋友做启蒙用的阿狗阿猫类寓言，而是给全社会所有读者写下的寓言，作者自序中明确表示这些作品"包括了人生人性、社会公平正义、处世智慧等方面"思想内容，这也太奇葩了！我愿意用"当代寓言创作的一朵奇葩"来评价这本"小书"。

人类历史上的寓言创作开始得很早。我国先秦时期的寓言同古印度时期寓言和古希腊时期寓言成鼎足之势，是世界文化史上相当辉煌的一叶。我国历代寓言至今仍深刻影响着中华民族的方方面面，尤其是寓言中许多故事已被演变成成语而在日常生活中广为流行，堪称中华优秀传统文化的重要组成部分。

我国现代寓言创作曾经十分引人注目。著名作家、编辑家、教育家叶圣陶是20世纪20年代我国第一位写作现代寓言的作者。他的寓言代表作《古代英雄的石像》讲述了一块石头被雕刻成英雄形象后的心理变化。一座古代英雄的石像因为自己有"特殊的地位"而大摆其"骄傲的架子"，他甚至狂妄地宣称："如果你们想跟我平等，就先得叫地跟天平等。"可是当他遭到小石块的还击，听到全体石块要把他扔下去时，他吓坏了，"暂时忘了自己的尊严"，"用哀求的口气"请求原谅，暴露了石像外强中干、色厉内荏的性格特征。这个简单易读的故事背后的寓意是嘲笑专家的傲慢自大与人们的麻木。

我国现代寓言创作一直佳作不断，有冯雪峰的《水獭和鱼》《战牛和敌国》，何公超的《想走遍全世界的驴子》，张天翼的《一条好蛇》《自己的回声》，方轶群的《忘记了自己的猴子》，金近的《田鼠种白薯》，严文井的《习惯》，陈模的《竹笋和石头》，龙世辉的《女娲和苍蝇》《老猩猩和她的两个儿子》。

可是，不知道从什么时候开始，寓言写作渐渐变成了儿童文学的一部分，成为孩子们的读物，弄得现今许多寓言创作太过于儿童化，作者似乎总要矮下身子装出儿童腔来编写寓言，因而也使得不少人误以为寓言创作只属于儿童文学，新近创作出版的寓言作品只能到儿童读物的书架上去寻找，成人读者渐渐远离寓言阅读。

其实，古代社会的寓言创作并不主要是为儿童启蒙所作。先秦时期的寓言很多是当时的诸子百家开馆授徒的讲学要义，是士人学者游说诸侯王公时献上的治国理政之策。可想而知，其价值作用一点都不小。先秦寓言有许多是在进行道德教训，在揭示、启示哲理，尤其是在针砭时弊、讽刺社会。如"触蛮之争"（《庄子》）是讽刺诸侯王公贪婪残暴、穷兵黩武；"三虱争肥"（《韩非子》）是讽刺诸侯王公尽管勾心斗角，却都有着吸吮百姓鲜血的本性；"齐人乞墦"（《孟子》）是对那些热衷于富贵利禄之人的讽刺与嘲笑；"设为不宦"（《战国策》）则揭露了田骈之流标榜清高、言行不一的伪君子的可笑面目。直到现在人们都还很熟悉的"扁鹊治病""画蛇添足""守株待兔""郑人买履""杞人忧天""滥竽充数""刻舟求剑""掩耳盗铃"等寓言，它们的寓意都是鲜明而深刻的。这些寓言，在道德教育中它们是长者恒言，在启智增慧中是智者明言，在社会生活中是世情警言，谁又能说这些作品只是用于启蒙教育的儿童文学呢？

这就是我之所以要向读者认真推介沈水荣的这部寓言新书的理由。

作者在自序中坦诚："本书中收入的每一个故事，都是针对日常生活中看到的、听到的、遇到的事情，都是触景生情、有感而发写成的，也都是我头脑中闪过的一星点思想火花——中西方之间、传统与现实之间思想文化观念激烈碰撞而迸发的火花。故事渗透了我对中华文化基因的深情认同和敬仰，表达了在纷繁复杂的社会现象中，对是与非、善与恶、美与丑、正与邪等所持的立场、观点和看法。"

我们随意抽读书中几篇就能一窥全书品质。

《借升》借助一只蓝花碗，寓说当今时代需要传承中华文化中的社会正义。"父亲强忍着内心的火气，走近祝投，耐心讲了一番道理，然后将那只蓝花碗放在祝投的手里，说：'孩子啊！量米啊，这蓝花碗永远错不了，咱可要祖祖辈辈传下去！'"

《女娲说美》寓说当今时代提倡的中华文化友善理念和审美观。篇中女娲说道："那必定是这人后天内心变恶，做了不好的事情。人的外表美不美，跟先天长相、性格没有关系。你们细细感悟一下，有哪一个乐善好施、德行天下的人，你们觉得他可厌可恶？"

《破解房屋"风多"声》用房屋的"风多"谐音"奋斗"，最后告诉房主"让你奋斗，用奋斗获取财富，守住家业"，房主幡然醒悟。后来一家人经过几年奋斗，在原址修建起了与原先一模一样的豪宅。之后，宅子许多次易主，经过许多代主人的奋斗，不断修缮、更新，一直矗立于南山岭下。

《花狗说不算》写大花狗自以为是，不能按

主人的要求驱赶作孽的老鼠，小黑猫认真逮鼠护院，主人一生气赶走了大花狗。大花狗边跑边嘟嘟囔囔："主人有失公道，袒护小黑猫。不算，不算，不算，我要控告！"活脱脱就像人们生活中常见的既自以为是又不能发挥应有作用的某些人物。

《楼上老爷子的喜好》中的陈老爷子在楼上爱干什么就干什么，一点都不顾及四邻感受，尽管他是为大家做好事，可结果还是遭到了邻居的抗议，老爷子终于明白："看来，不能把自己的喜好强加给别人。即便是好事，做错了时间地点就不是好事了！"

《老虎求人》一篇尤其别出心裁。故事说老虎到处求人找吃的，觉得那些人很不实在，心生怨恨，老虎想，直接把他们吃掉不就完了吗！第二天老虎把人吃掉了，这才发现人肉真好吃，比什么肉都鲜美啊！从此，天下老虎吃起了人，一发不可收拾。如何评价老虎与人的是非曲直，就像一面镜子，可以照见现实生活中的不同人格。

全书开篇的《猴子手中取蟠桃》与第十一辑的《饿死桃树下的猴》，趣味盎然，故事中暗含着人类在物质交换中的智慧，也暗含着市场经济中的心理学。

最后一篇《天塌下来还有别个》，立意于"天塌下来有高个子顶"的俗语，演绎了恐龙灭绝的故事。最后天塌下来了，龙山顶上一对翼龙还在等待"还有别个"，它们被挤压在两块巨石中间，断气之前，那公龙断断续续留下一句话："老——天爷哪，怎么不来救呢？怎么没高——个子出——来顶着呢？"最终把故事的寓意交由读者细细体会。

以上举例介绍的一些篇章实是我随意抽取的，事前并没有征求到作者本人的意见。总之，沈水荣的寓言写作是符合寓言的本质要求的。德国启蒙运动时期最重要的作家和文艺理论家莱辛在解释寓言的本质的时候曾说："要是我们把一句普遍的道德格言引回到一件特殊的事件上，把真实性赋予这个特殊事件，用这个事件写一个故事，在这个故事里大家可以形象地认识出这个普遍的道德格言，那么这个虚构的故事便是一则寓言。"（《论寓言的本质》）古罗马文学重要代表人物贺拉斯说过，寓言写作"得到普遍赞赏的是融会实益和乐趣的，他叫读者同时得到快感和教训"。（《诗艺》）《万事如镜》一书中绝大多数篇章既体现了寓言的本质要求，也能"叫读者同时得到快感和教训"。

好的寓言既要有智慧美，又要有读者领会得到的寓意。因此，作者要善于设譬，深于取象，选用某种具体事象，连类比物，类比推理，借此说明具体道理。当然，这里面有虚构和夸张，甚至拟人化，这正是寓言文体美之所在。寓言总是借此喻彼，借近喻远，借小喻大，借古喻今，虽浅显实深奥，寓说理于具象，化平易为神奇，处处幽默与机智，总能令人忍俊不禁，拍案叫绝。

莱辛说过："寓言的魅力体现于重理本身。"寓言的虚构与夸张离不开坚实的生活基础，它虽受制于形象原型的自然属性，可通过想象却能表现事物的本质，虚构不但不令人觉得荒唐，反而突出了寓言形象，产生更强烈的说理效果。《万事如镜》虽然在大自然和人类社会纵横捭阖，杂取种种，我们读来不仅不觉得荒诞不经，反而被吸引着要探究故事中的深长意味。因为作者不仅是一介文人，更是一位军人，一位文人＋军人，他有文思泉涌的功底，还有气吞山河的气概，因而百余篇寓言读来，或冷峻峭刻，或热情奔放，有柔情无限，有痛快淋漓，或跌宕起伏，或恢诡谲怪，令我们读来如行山阴道上，目不暇接。如此这般，一部只有290多页的"小书"，却包含天地人生，古往今来，堪称万事如镜，实乃一部人世间的大书！

祝贺沈水荣同志，他为我们奉献了当代寓言创作的一朵奇葩——《万事如镜》！

是为序。

2023 年 11 月 27 日于韬奋基金会

（序言作者系韬奋基金会理事长，曾任人民文学出版社社长兼总编辑，中国出版集团公司总裁）

敬仰那只"蓝花碗"

　　我怀着一颗敬仰之心陆续写下了这些故事。敬仰什么？敬仰我们灿烂的中华文化。

　　书中有个《借升》的故事，借助一只蓝花碗，寓说了当今时代传承中华文化基因的紧迫性。故事里有只祖传的蓝花瓷碗，一平碗刚好等于一升，家里一直这么用来量米。一次父亲朝财主家借了十升大米，财主用自家的升一量，只有九升。那善良的父亲对自家的蓝花碗起了怀疑，令儿子借一只升来又量了一次，还是只有九升。父亲二话没说，便加了一升米，给财主送了去。过后经验证，父亲发现自家的蓝花碗准确无误，断定是财主家那只升造了假。于是问儿子借来的升是哪里借来的？儿子回答说是向财主借的。父亲一听气得说不出话来。儿子还很惊讶："大户人家的斗升就是标准，难道还有不准的吗？"

其实，我小时候家里真的有一只蓝花瓷碗，是故事里那只蓝花碗的原型。我家那只蓝花碗，是祖辈传下来的，被专门用来作量具。一平碗米正好是一斤；碗内壁拦腰有一圈蓝色线条，米盛到齐腰线，正好是半斤。每当跟邻居家有借有还的时候，经常用那碗来量，从没产生过异议。后来，社会进步了，家里逐步有了杆秤、天平秤、弹簧秤、台秤、磅秤、电子秤，给生活带来了极大方便。但一家人没有也无法排斥、舍弃那只蓝花碗。那碗除了使用起来简便易行，更重要的是成为了衡量、矫正各种秤具的原点和圭臬，我们称其为"秤中之秤"。一次，我哥从集市上买来5斤丝棉，家人怀疑短斤少两，用家里秤具来称，发现一把秤一个样。我说："看来咱家的秤也不准。"这时老父亲说话了，"这好办！"他用那只蓝花碗舀了5平碗米放在一起，然后与买来的丝棉一比重量，那"短斤少两"便原形毕露。

我们中华民族大家庭也有一只"蓝花碗"，那就是流淌在我们血液中的文化基因。中华五千多年文明发展进程，创造了博大精深的灿烂文化，当代中国又形成了中国特色社会主义文化。当今世界面临百年未有之大变局，各民族文化和价值观既冲突竞争，又多元共存；现代经济社会日新月异、飞速发展。我们要使中华文化与当今时代相适应，与现代文明相适应，造就和发扬伟大的时代精神，这是无疑的。但是，在此过程中我们决不能抛弃、背叛我们民族的文化基因。我们应当始终坚持民族精神的独立性，做到自信自强、守正创新，不断创造中华文化的新辉煌。

本书收入的每一个故事，都是针对日常生活中看到的、听到的、遇到的事情，触景生情、有感而发写成的，也都是我头脑中闪过的一星点思想火花——中西方之间、传统与现实之间思想文化观念激烈碰撞而迸发的火花。故事渗透了我对中华文化基因的深情认同和敬仰，表达了在纷繁复杂的社会现象中，对是与非、善与恶、美与丑、正与邪等所持的立场、观点和看法。书稿汇集故事一共129篇，思想内容包括了人生人性、社会公平正义、处世智慧等方面，共十二辑。由于能力水平所限，书中故事均是拾零打短写成，零零散散，不成体系，也免不了有所偏颇和差错。希望能给读者带来一点点趣味和思想启发，也十分欢迎读者讨论和批评指正。

水荣

2023 年秋

自

序

目
录

一 生而为人存廉耻

二 反躬自省品自珍

三 交往处事须灵活

四 万事如镜省吾身

七 **漫说职场瞧门道**

八 **心系群众谋发展**

九 时代新知伴我行

十 奋斗路上览美景

十一 尊重规律看本质

目录

十二 爱护自然保家园

后 记

生而为人存廉耻

猴子手中取蟠桃

山谷里一片蟠桃林成熟了，住在悬崖上的老汉想获取下面的蟠桃。他想："要是猴子能帮我送上来就好了！"蟠桃是猴子的最爱，猴子怎么会拱手送人呢！老汉自有办法。

头一天，老汉弄来一篮子香蕉，对群猴说："我家香蕉太多了，吃不完，都烂了，白送你们吃去吧！"说话间把一篮香蕉抛了下去。猴子你争我抢，许多香蕉被踩得稀巴烂。

老汉说话了："啊呀！白送的你们不珍惜。以后，你们真想吃香蕉，必须用蟠桃来换，一个蟠桃换一根香蕉。等你们吃完香蕉，我再把蟠桃退回你们。我要看看你们的诚意。"

猴子们想："这样没问题，香蕉也等于白吃。"

猴子先给老汉送上一个蟠桃，换来一根香蕉。香蕉吃完，见老汉将蟠桃真的退回来了，猴子们说："老汉很讲诚信！"

第二天，猴子送上十个蟠桃，换来十根香蕉，吃完就拿回来十个蟠桃。

第三天，猴子送上二十个蟠桃，换来二十根香蕉，吃完就拿回来二十个蟠桃。

……

猴子很兴奋，都说："这真是天上掉馅饼啰！"

又一天，猴子送上八十个蟠桃，换来八十根香蕉，吃完又拿回来八十个蟠桃。但这一次有点不一样，换来的香蕉中有个别是烂的。

老汉又说话了:"你们看,我的香蕉开始烂了!你们每天都几十个、几十个来换,过不了三天,我的香蕉全烂了,还怎么吃呀!"

猴子说:"所言极是!咱们明天多弄点蟠桃来换!"

第二天一早,来了许许多多的猴子,山谷里黑压压一片,他们把成熟的蟠桃全摘来了,一共好几千个。老汉一看,暗喜,但脸上装出一副尴尬:"你们一下要换那么多香蕉,我可没有准备,香蕉还在远处地窖里呢。这样吧,你们今天把蟠桃放下,先回去,明天一大早来拿香蕉。"猴子们都说:"好!好!好!"

当天,那老汉从垃圾堆里拾来许多香蕉皮,深夜往山谷里一抛撒。

次日一大早,群猴找老汉要香蕉。老汉指着那一大片香蕉皮说:"香蕉不早就给你们了嘛!"猴子说:"没有啊!没有啊!"

老汉装出十分生气的样子,说:"你们这要死的猴子,吃掉了就赖账!"说着招呼全家齐上阵,操起棍棒,把猴子赶跑了。

财主捞尸

这是一座古老的城市，一条大河穿过，两岸屋宇白墙黑瓦，青石板路，鳞次栉比，沿岸那延绵的红灯笼，还有船里、岸上不绝于耳的叫卖声，把清淡素雅的城郭掩饰在了红红火火的氛围之中。

岸边一条小巷的尽头，有一处阴暗的宅院，住着一个做布匹买卖的财主。他生意做得不算大，但坑蒙拐骗，十恶不赦，声名狼藉，经营不下去了。

于是，财主想起了做慈善，以挽回影响，东山再起。他注销了公司，登记成了"救济会"，摇身成了"慈善家"。一般的善事他还不做，要做就做大的，试图一举动容天下。他扬言："我有大恶，大恶还得用大善来抵啊！"

机会终于来了。

那年，军阀混战，鲜血染红了河流，水面漂满了尸体，人们纷纷逃亡。财主租了三条大船，自告奋勇到河里打捞尸体。政府给予褒奖，还补助了经费。

没几天，打捞起了许许多多的尸体。市民们都跷起大拇指，无不叫好，称赞他"大恩大德、大慈大悲"。那财主很是得意。

然而，还是有许多尸体没能捞起来就漂走了。政府部门不满，找财主约谈，财主流着眼泪连连道歉："啊呀，真是于心不忍哪，由于人手有限，忙不过来……我努力！我努力！"

　　不久，有人发现了一个细节，漂走的尸体都是整个身体横躺在水面上的。再仔细观察那财主捞尸，原来他叫人光捞竖着的，不捞横躺的。对此，大多数人也没细想"为什么"，都是一听而过。也有的说："可能因为竖着的尸体没有完全腐烂，不太臭，容易打捞呗！"

　　有一伙盗贼，一听就知道了其中的奥秘。等那财主把尸体捞得差不多，盗贼等了一天晚上，抢劫了财主的家，发现 10 麻袋金子，20 麻袋银子，20 麻袋珠宝。

　　原来，河里竖着的尸体，身上大多装着金银珠宝，所以总是一头往下沉。

　　这下，老天都翻脸了！突然电闪雷鸣，狂风怒吼，大雨瓢泼，似乎把白墙黑瓦的整个城郭紧紧地捆绑了起来，猛力地抽打。一个响雷，那财主被劈死了！

讨工资

（一）

一个建筑队的包工头，喜欢拖欠工资，人称"赖老板"。

给赖老板打工的农民工有好几十人，他们常年干着石头活儿，运石头、搬石头、敲石头、砌石头什么的。工作艰苦，但很快乐，大家经常开个玩笑，相互戏称"石头"，四川人称为"川石头"，安徽人称为"皖石头"，甘肃人称为"陇石头"……

十多年了，赖老板从来没有按时发过工资。每到年关，农民工总得找他讨要工资，老板总是说"今年没挣钱啦""资金周转不开啦"之类的话。也怪，不管农民工怎么闹腾，赖老板每年都能巧妙脱身。他有个"妙招"，叫"分化瓦解"，每当农民工来闹事，对个别挑头的，或托关系说情的，都悄悄打发："你拿到钱就走，出去别说！""谢谢！谢谢！"这些人接过票子，总是怀着一份感恩而暗喜着匆匆离去。

一年年底，大伙儿弄清了赖老板家的住址：远郊一偏僻村子，一栋三层洋楼，黄墙绿瓦，虽然样子挺怪，但在村里鹤立鸡群，实是豪华。

腊月二十六，几十个农民工一起登门，把三层洋楼团团围住，赖老板困在里面一整天。夕阳西下，三个挑头闹得很凶的小伙子不知怎么闯了进去，他们都是"川石头"。

"川石头"们一进门，赖老板笑脸相迎，立马拿出事先备好的票子，说："你们签字，拿了就走，出去别说。""谢谢老板！谢谢老板！"三位"川石头"从地下车库出了小门，拿着沉甸甸的钱款，个个喜笑颜开。

其中二人六年没拿过工资，这次鼓鼓囊囊一人一提兜，一出门就要溜走。此时，另一位留住了脚步，说："不合适吧，对不住其他兄弟啊！这样赖老板以后还会赖账啊！"

这位"川石头"姓"金"，脾气耿直，爱较真，人们又称他"金刚石"。他一双眼睛炯炯有神，一身疙瘩肉，经常蹲着马步"嘿！嘿！嘿！"来几拳。他一在场，讨薪者就增添了几分信心。这次讨要工资，也是那两位"川石头"约他来的，其实他本人讨要的钱并不多。

"金刚石"执意要继续帮大伙儿讨要工资，另两位"川石头"着急了。"你傻呀，多一事不如少一事，自己拿了就行了，快走！快走！赶晚上火车回家过年吧！"他俩硬是推着"金刚石"翻过山丘，从一条荆棘小道溜之大吉。

门前其他人守了一天，没辙，只好忍气吞声，空手而归。

（二）

到了第二年，政府出台政策干预了，拖欠工资越来越难。赖老板想出了一个应对办法：他不在家待着了，跑到城里租了一间小房，作为新的办公地点。住下后，给每个农民工发了一条短信："明天（腊月二十五）上午9点到10点，前来领取工资。地点：大巷子广场112号。"赖老板还特意发了第二条短信提示："进南门（一个拱门）往右拐，经过一个理发店，就看到了，门口立有'大发建筑有限公司'牌子。务必按时来，过时不候。"

农民工接到通知，个个欣喜，激动得一宿没睡好觉。第二天，大家早早起床进城，生怕晚到。八九点钟，一个个陆续到了大巷子广场南，一个拱形大门上方装挂着"大巷子广场"五个大字，门里是一片开阔的草坪。大伙儿进了门就往右拐，走了一二分钟，路边一间紫色小房，门额上写着"理发店"，但没有开门。再往前走，看到一栋旧楼，山墙上有个房号"112"。走近发现，房门紧闭，也没看见"大发建筑有限公司"的牌子。大家说："时间还不到，等着吧！"

9点到了，赖老板还是没来。他们打通了老板的电话，一次又一次，传来的是"呼叫转移"。大伙儿着急了："又挨骗了吧！"左等不来，右等不来，个个焦急万分！

原来，真是赖老板做的一个局。"大巷子广场"不是广场，而是这里的一栋商业大楼，赖老板的办公地点设在大楼一层的112号房间，这大楼南门也是拱形的，进了门也是往右拐，有一个理发店，这理发店原来就在外面紫色小房里头，刚刚搬进来的。这个设计真是天衣无缝、精妙绝伦啊！

此时的赖老板，正在大楼内112号房间等待着这出戏演完呢！他坐立不安，不停地在小房间里转来转去，生怕有什么闪失。心想："一旦过了10点，我立马就撤！"

不过，也真有五位农民工找对了地方，他们先后来到112号小房间。赖老板早有对策：分化瓦解。来一个，赖老板就装一个大信封，笑容可掬地递给他："你拿到钱就走，出去别说。"五人都被如此打发走了。

赖老板打开了手机，眼看一分一秒过去，时钟显示："9：55"，便说："小王啊，快去把车开过来，咱们撤！"

此刻，意外发生了！外面的农民工突然齐刷刷站到了112号房间的门口。"糟啦，这回脱不了身了！"赖老板内心彻底崩溃！

原来，刚才最后领到工资的那条汉子就是"金刚石"，他拿钱出门就"告了密"，把大伙儿领了进来。"哈哈！哈哈！哈哈……"农民工们一片爽朗的笑声，把"金刚石"簇拥着举过了头顶！

"畜生"

大地上所有动物中，脸庞在身体上占比最大，且不长毛的要数人。

传说，这是女娲造人的时候设计的。当时，天下动物经常为抢夺财富相互残杀，一片惨状。天帝拿他们没办法，便对女娲说："你要造的人，能否改掉这种恶行。"

"好，我试试看。"女娲想了一个办法，她造的人头部前面都长两块光光、鼓鼓的皮肉，起名叫"脸"。人一做坏事，脸就会发热发红，心头难受，让别人一看便清楚。为了防止人在脸部穿衣蒙羞，还特意让嘴巴、眼睛、鼻子、耳朵都统统长在脸上和周围，谁要把脸全蒙住了，就吃不了饭，看不见、听不见、闻不到。

开始一段时间，这个办法果真灵，所有人都不偷不抢，互谅互让，与低等动物截然不同。

但时间一长，一些人受低等动物的影响，也偷抢东西。他们说："不就是一张脸嘛！发热发红完全是心理作用，心理一破，尽享天下！"

女娲很生气。天帝说："你已经很努力了，人的造型你就不要再变了，让我来把这些不要脸的人划入畜生名册吧！"

从此，天下的坏人就有了"畜生"的叫法。

数万未完

听说女娲要造人，神仙们很担心："人有欲望，为了满足自己，会不会都像豺狼虎豹一样凶狠？"

为此，女娲找来诸神仙，开始了一场旷日持久论证——

起先，神仙们都说，每百户推举一个首领，由他管治。不一会儿，有神仙质疑："首领也是人，他要以权谋私，首先成了豺狼虎豹怎么办？"大家说："也是。"

此时，护法神自告奋勇："我有个办法。"他手举法槌，往桌子上"咣当"敲了一下，忽然底下飘飘忽忽生出一张神网，他说："人要做了丑恶的事情，马上把他网住，让其动弹不得。"大家说："好！好！好！有招啦！"还有神仙说："只当每个人都是豺狼虎豹，用神网就能把他们都管住。"

神仙们继续往下推演：最先从吃饭开始，有人用了一种办法盗粮，护法神"咣当"一下，槌下飞出一张网，将其兜住；接着，有人用了两种办法偷衣，护法神"咣当、咣当"两下，槌下飞出两张网，将其网住；再接着，有人用了三种办法抢占房屋，护法神"咣当、咣当、咣当"三下，生出三张网将其一网打尽。

就这样，一生二，二生三，三生万物，人间那丑事恶事越来越多，被网捕者也越来越多。

生而为人存廉耻

论证推演已到了第 999 天，神仙们也累了，都说："好像再也想不出什么问题了，不用再推演了。"此时，千手观音说："我计算了法槌响起的次数，正好我的一千只手，扳了两遍手指头。"

　　从此，神仙们习惯把一千只手扳两遍手指头的数，叫作"完"。

　　没想到，过了三天，一些神仙又来找女娲，说："还有问题，咱们还得推演。"然后，大家七嘴八舌，又说出许多人间有可能发生的丑恶行为。随即，只听得法槌不停地槌起槌落，"咣咣咣"响成一片，那护法神累得直喘。此时，千手观音又说话了："我这一千只手，都扳了好多遍手指头啦，我也累啦！"

　　这时神仙们才知道，一千只手的指头扳两遍的数字，还数不尽人间的种种丑恶行为。于是，他们不再把这个数叫作"完"，而是称作"万"。

　　至此，女娲终于意识到："那神网永远也无法将人的丑恶行为一网打尽。"她想到，要设法修筑一道无形的灵魂墙，与神网同时使用，以彻底管住人的行为，她说："一个人的行为无数多，千万张网兜不住；灵魂只有一个，一堵墙就能挡住。"

　　女娲走遍茫茫大山，采来许多含羞草花粉，扬撒在造人用的泥浆里面搅拌。由此造出来的人，天生有一种羞耻心，时时刻刻管束着自己的欲望和行为。

万事如镜

树枝的骂声

从前有座山，半山腰上有一棵老槐树，主干长在庙宇的廊檐下。他将屋檐顶出一个缺口，枝叶部分长在房顶上。

老槐树生长环境恶劣，独木无双，树根延着石头缝里渗出来的水，扒着悬崖扎到了底下一块孤土中。他久经磨难，屡遭铲损而重生。恰逢战乱，庙宇失管，老槐树得以长成参天大树。这棵树可谓顺天而成材，故称"顺天树"，还被当地列为"古树名木"。

每当风吹来，顺天树总是发出"嘎吱嗒，哗哗哗哗——"的声音；冬天里，树叶没了，枝条还"嘎吱嗒，嘀里当啷——"作响。传说从前有仙人破译，"嘎吱嗒"就是"该死的啊"，这是树枝在责骂树的主干，数落主干的四大过错：

——"该死的啊！咱这个家你安的不是地方。你为什么非要长在悬崖峭壁上？害得我们常常缺水干渴。夏天酷热，冬天严寒。"树枝怨气十足。主干沉默。

——"该死的啊！你太无所作为啦。为什么不能一生下来就长得像我们这样高高的呢，就是因为你躲在屋檐下，不愿接受阳光雨露，宁可饿死、阴死也不愿把头探出来见见天日。要不是当年我们当机立断冲破屋顶，咱这棵树哪有今天这样苍翠挺秀的局面。"树枝一副鄙视的神态。主干沉默。

——"该死的啊！你太自私，心狠、毒辣、好斗。据说，当年你容不得蚂蚁、小虫爬上身子，与他们斗得满身伤痕累累。你看，现在蚂蚁、小虫到我们身上随便爬，我们欢迎他们，那是我们的好朋友，没有他们哪有我们，这叫物种多样平衡，懂吗？"树枝憎恨得咬牙切齿。主干沉默！

——"该死的啊！你的形象太丑陋，真不给我们面子。你小的时候见屋顶就怕，不敢直着往上长，居然歪着腰往外长，使得咱这棵树长成了'丫'形，分叉处还长着两个大树瘤，被人叫作'歪屁股树'。难看极啦！"枝叶越诉越伤心，号啕大哭。主干沉默！

"我们要跟你断绝关系，你自个儿做你的顺天树，我们做我们的悬空树。"树枝斩钉截铁地表示。

话音刚落，顿时乌云密布，电闪雷鸣，一个霹雳把顺天树齐屋檐劈断！

许多年后，顺天树又长出参天枝叶。

小牛的不平

一次，一头小牛冲出牛栏，在山村里到处溜达，一不小心就撞倒了人，人们都说"太讨厌了"，很快修补了牛栏，把小牛紧紧关在了里面。还在牛鼻子上系上一条绳子，牢牢拴在了一块大石头上。小牛愤愤不平！老牛说："孩子，那村子里面本来就是人待的，咱别去，咱的家就是牛栏。"

第二天，山里来了一头老虎，大家人心惶惶，大门紧闭，足不出户。小牛问老牛："妈，为什么那些人对牛对虎态度各异？"老牛说："大山本来就是老虎的属地。"

第三天，一个孩子正端着碗吃饭，一只大公鸡过来啄了碗里的米饭，孩子吓得"哇哇"哭了起来。孩子母亲过来跺了一脚，吼了一声："要死的公鸡，去！"过后公鸡啥事都没有。小牛又问："妈，为什么那些人对牛对鸡态度各异？"老牛说："那鸡生来就是四处为家，满地乱跑的。"

小牛说："妈，你说得不对。我看是，半强半不强招人欺！"

借升

从前有户人家，父亲叫祝尚，儿子叫祝投。

一年初秋，祝家朝村上一财主借了十升大米。秋收之后，祝尚将大米如数还给财主。谁知，财主用自家的升一量，只有九升。"刁民！"财主骂骂咧咧不肯收。

祝尚提着那一布兜米灰溜溜回了家，又用自家的蓝花瓷碗量了一下。"没错啊！就是十升。"

这蓝花碗旧迹斑斑，是祖上传下来的，一平碗刚好等于一升，家里一直这么用来量米的。

此时，儿子祝投说："肯定咱家的蓝花碗不准，破玩意儿，扔了它！"父亲也对那碗产生了怀疑："祝投，你去借一只升再来量一下。"

不一会儿，祝投借来了一只升。一量，果然布兜里的米只有九升。父亲二话没说，便往布兜里加了一升米，给财主送了去。

过后，祝尚还是不死心。他将蓝花碗拿到街上粮店，与粮店里的升比较，发现一碗确实等于一升，准确无误。"这么说，财主的升造了假！"父亲连呼上当！

他回到家里，说："祝投啊，上回量米那升，你往哪里借来的？"祝投回答："向财主家借的。"父亲嘴唇发抖，气得说不出话来。

"怎么啦？"祝投惊讶，"大户人家的斗升就是标准，难道还有不准的吗？"

　　父亲强忍着内心的火气，走近祝投，耐心讲了一番道理，然后将那只蓝花碗放在祝投的手里，说："孩子啊！量米啊，这蓝花碗永远错不了，咱可要祖祖辈辈传下去！"

拾彩珠

相传，财神为了让人间过上好日子，每日从天上往大地撒下晶莹透彻、光彩夺目的珠子，有红的、黄的、白的、绿的、紫的，人称"五彩珠"。拾了这种彩珠，可以换取吃的、穿的、住的，以及求医看病等等，积攒多了还可以到天上独享月亮，摘取星星。

从此，人们每天争先恐后、成群结队来捡拾五彩珠。常常为争你多我少相互吵架，以往谦让和睦的民风不见了。"多撒点给你们吧！"谁知，财神撒得越多，来的人越多，越抢越疯狂。

财神见势不妙，想了个办法，他一手"沙沙沙"撒珠子，一手"哗哗哗"撒传单，传单上写着："彩珠是肮脏的""彩珠不是万能的""有彩珠不等于有幸福""抢彩珠是可耻的，让彩珠是高尚的"等。然而，这些都无济于事。

人们争抢热情持续高涨，每日人山人海，人潮汹涌，许多人被踩踏致死，还有的欺小凌弱、敲诈勒索、坑蒙拐骗，有些没拾到彩珠的被活活饿死、冻死，还有自杀的。

此事惊动了玉皇大帝，他把财神招呼过来，责备一通。财神说："那以后别撒珠子了呗。"

"不，不，不！"玉帝说，"那样大家一起穷也不行。"玉帝吩咐："以后无论是谁，珠子再多也不得遮月亮、摘星星。月亮、星星是照亮夜空的，连这点光亮都没了，天下众生还怎么过日子啊？"

从此，争抢珠子的风潮得到有效遏制，大地上平静和睦了许多。只是偶有争抢事件发生，财神向玉帝启奏，说："剩下这类人怎么办？"玉帝回复："那不管他了，有人作案，严厉处罚就是！"

反躬自省品自珍

一颗海棠籽的漂泊

红砖墙上一扇窗户外，一棵海棠树亭亭玉立。那满树粉红带点紫色的花朵，像姑娘发髻上的绢花一样完美无缺，不时地给路过的人们传递着愉悦。

不久，花朵结出了一串串鲜红的海棠果。那海棠果也真有眼福！窗户里面是一个电影院，海棠果们经常透过窗户看电影。那天晚上，里面播放一个皇家庆典的盛大场面，那鲜花啊，如云似霞，铺天盖地，可把海棠果们深深地打动了，她们觉得自己也成了置身花海的一员，多么风光啊！

秋后，一阵大风，海棠果都落了地。有一颗海棠果，只有一颗籽，粒大且饱满。这"独生籽"很自傲、自信，立下大志："我将来要长成最美丽的花朵，登上皇家庆典的中心舞台！"

海棠树妈妈说："孩子，那不现实！你就在附近找个湿润温暖的地方，待在土里，好好修炼自己，等待来年长苗成材！"

独生籽一听，恼了！她一看这里全是泥土、腐叶，还有粪便，说："这是开玩笑吧，我是要长在皇家庆典上的啊！"

她自个儿出走，借着大风飘啊飘，到处寻找皇家庆典。飘了一个冬天，终于来到一个大型广场，看到一片五颜六色的郁金香。她想："这里虽然不是皇家庆典，但没有泥土，也很光鲜亮丽。"于是就落下脚来。歇了一宿后，她天亮一细看，心凉了："原来这是一片假花！"

独生籽又飘了数天，到了一处豪华别墅，围墙上堆挂着一片蓬蓬勃勃、姹紫嫣红的蔷薇，她心说："这花阵势虽然小了点，但不着泥土，身份地位也很荣耀。"她随风跃上墙头，落下脚来。不一会儿，又一阵风，她被吹落到了阴暗潮湿的墙脚下，四下一看又失望了："原来，蔷薇也长在泥土里呀！"

独生籽继续飘飞，始终没能找到理想场所安身。这天，她来到了一处洋楼。看见六层一家阳台上，摆了一排盛开的映山红，心想："这里场面虽不宏大，但位置高高，肯定不会有泥土。"她自信地在下面等了好几天，终于等来一阵大风，独生籽飘到了六楼的花盆里。"哎呀呀，倒霉，这么漂亮的花盆，怎么里面装的还是泥土！"独生籽大声叫唤起来。

天气渐渐变暖，独生籽憋不住就快要发芽了。说来也巧，她又飘进了一片海棠树林，便跟叔叔、阿姨们诉说起自己的经历和苦衷。大伙儿哈哈大笑，说道："傻孩子啊，哪有鲜花不是从泥土里长出来的呀！"

独生籽终于相信了当初妈妈的话，乖乖地在这海棠林里找了一处泥土安家，一心一意地生根发芽，节节成长起来！

破解房屋"风多"声

南山岭下，有座古老的民宅，背山面水，可是豪阔。豪宅有点怪，大风吹起，总是发出"轰——嘟——，轰——嘟——"的低沉声。由于响声因风而生，主人索性用方言把他叫作"风多"声。"风多"声不知从哪里发出来的，房屋新的时候外边听得见，旧了里边也听得见。

据说，起初建新房是个勤劳的财主，房屋一共住了四代人。到第四代的时候，已经破旧，"风多"声就跑到里面来了。因为房主好吃懒做，没有钱修缮，"风多"声越响越厉害，吵得一家人心神不宁。

一天，主人嚷嚷起来："房子啊，你别'风多'啦，还让不让人住啊？"

此时，构成房屋的砖瓦、木材、金属件、地基都开腔说话了："主人好！我们是在提醒您，这屋子太旧了，快要坍塌了，快不属于您啦，您要么赶快搬走，要么出钱来维修。"

主人一听慌了神："那怎么办，我可没有钱维修啊，我搬哪里去？这房屋是我祖上传下来的，怎么会不属于我呢？你们别胡闹！"

"主人说得欠妥……"接下来砖瓦、木材、金属件、宅地基与主人长谈至深夜。

砖瓦公说："我原本是黏土，不属于任何个人。所有的人，还有其他生命，都有平等使用的权利。当初，您的祖上拥有一个叫'风多'的东西，他就是用这个东西与大地交换，把我从黏土变成砖瓦，造起了房屋，我有义务回报你们。你们在屋里住了几代人，现在已经够本了，我得回归自然，化作泥土，再次造福有'风多'的人们。大地上的泥土是有限的，如果你们人类每盖一座房，可以永世享有，那后面的人们就没法盖房子啦。你们要是还想住，必须再次用'风多'换取才行啊！"

"砖瓦兄弟所言极是！"接着，木材公、金属公、地基公都说了同样的道理。

金属公还补充道："主人房屋上的'风多'声，是我通过掌控房屋部件结构的松紧度发出来的。新房的时候，怕外面有盗贼惦记，无理争抢房屋，所以我老是向屋外发出'风多'声，劝他们用'风多'去换取房屋；房屋渐渐旧了，主人住够期限了，所以我老在屋内发出'风多'声，让你用'风多'来维修、更新，或另换房屋居住。"

主人听了似乎恍然大悟："果然这个'风多'里面有玄机！"他追问，"诸公，我家的风够多的了，还需要'风多'啊？怎么才能要来'风多'，从哪里要？"

"不，不，不！你家现在根本没有'风多'。你现在因为拥有房屋，所以你不容易拥有'风多'；只有当你没有了房屋，才容易有'风多'。'风多'这个东西，不太容易与房屋同时存在于一个人手里。这是由你们人类的天性决定的。所以，劝你不要犹豫了，赶快搬离、放弃房屋吧！"

主人越听越糊涂，觉得太玄乎了。诸公接着讲："如果房屋建起来永久不坏，那人们都不再需要以'风多'换得房屋了。所以，房屋到一定时候老化坍塌，这是上天的旨意噢！为的是让你们人类不停地'风多'，去创造更加美好的世界。"

"这么说，没救了，我必须丢弃房屋啦？那我还找你们闲扯干吗？"主人很固执，表示坚决不搬，照常过自己的日子。

一天晚上，大风刮来，房屋被连根拔起，房顶飞走了。房主一家光着膀子畏缩于一处断墙角下，哆嗦到天明，幸好被山上庙里僧人收容。

随即，房主烧香拜佛，求教于高僧。高僧听过，说："阿弥陀佛！'风多'乃'奋斗'也，让你奋斗，用奋斗获取财富，守住家业啊！"

房主幡然醒悟。一家人经过几年奋斗，在原址修建起了与原先一模一样的豪宅。之后，宅子许多次易主，经过许多代主人的奋斗，不断修缮、更新，一直矗立于南山岭下。

花狗说不算

稻米之乡有户人家，养了一只小黑猫，用来捉老鼠。

有一年，主人别出心裁，把养猫改成了养狗，那是一条大花狗。主人说："有人讲'狗拿耗子——多管闲事'。我说管他闲事、正事，能拿耗子就是好事。"

不料，一年下来，家里老鼠成了灾，大花狗形同虚设，主人要把他请走。大花狗说："不算，不算！你家正好今年老鼠多，让小黑猫来也不成。"他晃晃身子，张张大嘴，自夸："你看看，我花狗无论个头、力气，还是这口锋利的牙齿，怎么着也比小黑猫强啊！"

"算了吧，你靠一边去吧！"主人又请来了小黑猫，对花狗说："你看着，人家是怎么捉老鼠的。"又是一年下来，老鼠没有了踪影，粮食安然无恙。

大花狗还死皮赖脸缠着主人说："不算，不算！你们都看见的，这一年你家老鼠本来就没怎么出现，小黑猫也没有吃掉几只老鼠啊！"他强烈要求留在主人家里。

主人说："你不服输是吧，那我考考你俩。"主人出了三道题。

第一题：那年，刚刚完成早稻收割，家里前屋、后屋堆满了粮食。一个黄昏，主人与猫、狗在屋外乘凉，突然听见屋内老鼠出没。主人说："你俩谁都不要进去，就在屋外，看谁能赶跑老鼠。"并让大花狗先来。大花狗"汪！

汪！汪！"三声，老鼠声稍作停顿，又叽叽喳喳、乒乓乓乓响起。小黑猫轻声细语"喵——"了一下，老鼠瞬间散去，再也无声无息。大花狗又说："不算，不算！不就轻声细语吗，谁不会啊！"

第二题：那天，挂在梁上的稻谷种子，遭到一群老鼠偷食。主人下令："你俩给我上！"只听大花狗问："梯子在哪里？没有梯子怎么……"大花狗话没说完，小黑猫一个箭步跃身而上，老鼠进到了猫嘴。大花狗还说："不算，不算！老鼠生活在地上，通常只有空中捉小鸟，没有空中捉老鼠的。"

第三题：一次，主人跑到屋外告诉猫和狗："咱屋里有老鼠，快去捉拿！"小黑猫竖耳一听，举目一瞄，直奔后屋一个谷堆，即刻拿回一只血淋淋的大老鼠。这时，大花狗还在前屋围着几个谷堆奔来奔去，嗅个不停，说："老鼠来过，准是小黑猫路过赶跑了老鼠，不算！不算！"

主人生气，赶走了大花狗。大花狗边跑边嘟嘟囔囔，"主人有失公道，袒护小黑猫。不算，不算，不算，我要控告！"

女娲说美

女娲造人的时候，最先是刻了一个模子，一个人一个人迅速"模压"出来。但很快就发现，造出的人样子单一，看着乏味，且脾气性格都相同，生活中不能互补，还天天吵架。所以，女娲后来改成捏泥造人、挥泥造人，算是对造人工作的升级。

从此，人有高有矮，有胖有瘦，有白有黑；有慢性子，也有急性子，有内向沉稳的，也有外向活泼的……女娲开心了："真好，人类社会越来越多样、越来越生动了。"

然而，不知何时起，人们喜欢相互评头论足了，谁丑谁美；谁性格好谁性格不好，相处不再平和。

一次，人类开展选美大赛，邀请女娲出席。大家依据每个人的外貌、性格投票打分，结果意见很不一致，各说各的好。

女娲站出来说："这个评法不对。你们与生俱来的形象，个个都美；与生俱来的性格，个个都好。人人都是鲜花，都是宝玉，都给世界增添着美好。"

女娲看大家不解，进一步分析："同样一个胖人，你们喜欢的时候赞他慈面善目，不喜欢的时候贬他肥头大耳；同样一个慢性子，你们需要的时候赞他不慌不忙，不需要的时候贬他磨磨蹭蹭……显然，是你们心有偏颇。"

有人问："那为什么有的人看起来就是不顺眼，甚至恶

反躬自省品自珍

心？"女娲答："那必定是这人后天内心变恶，做了不好的事情。人的外表美不美，跟先天长相、性格没有关系。你们细细感悟一下，有哪一个乐善好施、德行天下的人，你们觉得他可厌可恶？"

人们纷纷点头。

万事如镜

楼上老爷子的喜好

楼上住着陈老爷子，喜好颇多。他是音乐人，经常参加义演；还热心环保、栽树、护鸟，好事做了不少。

然而，楼下住着的李老爷子，对陈老爷子的喜好，却是别有一番感受在心头——

楼上陈老爷子的小提琴拉得确实够水平，但夜深人静，楼下老爷子正昏昏欲睡，突然一阵《苗岭的早晨》《北京喜讯到边寨》什么的琴声穿墙而来，困意立刻被赶跑，这下该睡的时候睡不着，辗转反侧，通宵难眠，让人很是烦躁、窝火。一回、两回、三回……李老爷子忍无可忍，上楼找陈老爷子理论，陈老爷子一脸不解："音乐多美啊，竟然还有不喜欢音乐的，哈哈！"

楼上陈老爷子喜欢种植，房前屋后栽出了一片小森林，特别是那爬山虎长疯了，绿油油挂满了窗户。年复一年，已挂满了楼下李老爷子家的窗户，李老爷子家夏天通风、冬天采光都颇受影响。他上楼再理论，陈老爷子眼里都是诧异："郁郁葱葱，绿植你也不喜欢？哈哈！"

每当天未大亮，楼上陈老爷子总爱站在窗前喂鸟。鸟儿乌泱乌泱飞来，一群，又一群，叽叽喳喳闹腾不说，还弄得一窗台鸟屎，落在了李老爷子家主卧的窗根儿。一次天蒙蒙亮，一小鸟声似"你好——你好——"不停地叫唤。楼下老爷子被吵醒，怒了，"噌"地坐起，"好什么啊？不好！"他下地推开窗户，冲着楼上就开了大嗓，"嘿，那么喜欢喂鸟，你去野外或者公园喂不好吗？"楼上哈哈哈连笑三声，陈老爷子的话也透出了几分不友好："音乐你不喜欢，绿植你不喜欢，小鸟你还是不喜欢，你这种人，未免太奇怪了！"

不得已，楼下李老爷子去找了物业，投诉楼上陈老爷子扰民。物业掰开揉碎，多番调解，陈老爷子终于明白："看来，不能把自己的喜好强加给别人。即便是好事，做错了时间地点就不是好事了！"

老虎求人

很久以前老虎不吃人，传说太行深处有一个村落，老虎和人混住在一起，相互尊重、相互依靠，还交朋友。

一次，老虎猛浪几天没有捕猎到食物，三只小老虎饿得"呜呜"直叫。猛浪问邻居人家借鸡，邻居答应得很痛快："有！有！你明天来。"第二天，直到晚上，邻居都没回家。猛浪相信："邻居一定会回来！"没想到，第三天、第四天，还是没等来，三只小老虎活活饿死了。

又一次，老虎威云生了一只幼虎，自己奶水不足。她得知山下有人类朋友家刚生孩子夭折了，那母亲奶水多余。威云下山一问，那户人家非常热情："没问题，我明天到你家去喂小虎。"威云回了家，那幼虎整整哭闹一宿，好不容易等到天亮了，中午，晚上了，那人奶水还没送来，一连等了两天，幼虎饿死了。

还有一次，老虎雄大的老母亲病了，要吃猪肉补一补。他找到一位有过生死之交的人类朋友借猪，那人满口答应："咱俩没得说，我不吃也得省给你呀！月半晚上你来吧。"等了十天，雄大如约而来，结果朋友家大门紧闭，门缝里透着火光；雄大敲门，火光熄灭；再敲数遍，屋内没声。雄大知道没戏了，没几天老母亲病死了。

一天，猛浪、威云、雄大三虎凑到一起："这些人类朋友太虚伪了，可把咱害苦啦！你不想借，直说呀，我们可以想别的办法。"他仨来了个"脑筋经急转弯"："啊呀！借这吃，借那吃干吗，直接把他们人吃掉不就完了吗！"第二天，三虎便把三家主人都吃掉了。

"嗨！这人肉真好吃，比什么肉都鲜美啊！"从此，天下老虎吃起了人，一发不可收拾！

撞船

从前有个地方，河流湍急，下游一个河浜，浜岸上住着几户捕鱼人家。

一次，李老汉和庄老汉各划一条船上河打鱼，一出浜口，划在前面的李老汉被上游来的船撞上了，大发雷霆，两船争吵。此时，紧随其后的庄老汉叹了一口气："还好，没有撞上我的。"他想，多一事不如少一事，于是自己快桨一划走了。

又一天，庄老汉一人划船上河，被上游来船撞了。他想："撞都撞了，生气没有用，只会伤害自己心情和身体，只当上游漂流下来一只没人的空船撞了自己。"于是，他若无其事地划船而去。

时间一长，上游来船越来越快，撞船事故频发，乡亲们再也没法划船上河捕鱼了。有人呼吁，咱们应该走访一下上游的乡村，让他们以后行船慢一点，注意安全。庄老汉的老婆说："老公，你作为受害者，应当自告奋勇带个头。"但庄老汉总说："天塌下来还有高个子顶着呢。"他不愿去。

不久，浜岸边几户人家陆续搬走了，唯独庄老汉因为穷搬不起家，仍住原地不动。他急急忙忙自个儿到上游求人，由于势单力薄谁也没有理他。

苹果的嫉妒

　　苹果园里有一只硕大的金色苹果，他老远看见另一只青涩的小苹果迅速长大，快要超过自己了，非常羡慕嫉妒恨。

　　一天，金苹果招来许多蚂蚁和小虫，用自己的肉、汁把他们喂得饱饱的，说："劳驾弟兄们一件事，你们到对面去，把那只青苹果给我咬死！"蚂蚁和小虫答道："那里太远啦，我们爬不过去。"

替我把青苹果咬死。

金苹果不肯善罢甘休！第二天又把蚂蚁、小虫招来，再次用自己的肉、汁喂他们，说："你们一定得帮帮忙！"蚂蚁、小虫说："我们挺不理解，把那青苹果咬死，对你有什么好处呀？""你们没看见啊，那青苹果争走了我的阳光雨露，我还怎么生长啊！"

"哈哈哈！哪能！哪能！"蚂蚁、小虫齐声说。有两只蚂蚁还说："你生长不良，是因为你肚子里长了一只大虫子，昨天我们就发现了。要不我俩进你肚子把那虫子咬死？"

"不！不！不！你们还是把力气留着，去咬死那青苹果。"

香瓜的分量

　　从前还没有秤的时候，一个瓜农种了一园子香瓜，每次摘回来一批卖的时候，苦于不知道各瓜的分量。

　　瓜农叹声："瓜呀，瓜呀，自己的事情自己最明白，你们说说谁重谁轻？"香瓜们纷纷答话了，"我最重！""我最重！"不得已，瓜农采用了最大那只瓜的意见：每次摘瓜回来，将他们按个头排队，以大为重，以小为轻。

　　然而，买瓜人渐渐发现，个头大的瓜，分量未必就重。

　　于是，又有瓜开始自夸了："我开花最早，生长期最长，我最重。""我生长在水边，含水分多，我最重。""我的颜色这么好看，当然我最重。"……按这些标准，瓜农都先后试着排轻重，却不能服众。

　　瓜农不再听香瓜们自夸了。他想出一个办法：削一根长长的木棍，在正中间挖个缺口；再做一个支架，将木棍从缺口处放置于支架上。然后，找一个中等大小的香瓜固定挂在一头，将其他香瓜按个挂于另一头，谁把固定一头的香瓜撬起越高，则谁的分量越重，反之则越轻。按此办法将瓜分出轻重，排队论价，买瓜人终于心服口服。

　　最后，还剩下固定一头的那个香瓜，怎么办？那瓜很高傲，他说："我被那么多瓜兄瓜弟一次又一次地高高抬起，什么高度都经历了，我肯定是最重的！"

　　那瓜农思考片刻，答道："才不！瓜多重，得看他把别个抬高了多少，而不看别个把他抬高了多少。"香瓜们齐表赞同！

灵魂不灭

（一）

传说女娲造人不是一次成功的。

起先，女娲用泥巴捏出了一个个有生命的肉疙瘩，只会进食，在大地上爬行蠕动。女娲很不满意，说："就把它们叫'昆虫'，让它们活着去吧！"

"看来光用泥土捏不成人！"于是，女娲做了第二次试验：在一片金黄色的大地上，把泥土捣成粉末推平，然后用一个土块在上面写下一篇文章，简单描述了她心目中人的样子。然后将这些泥土搅和在水里，又捏出了一批有生命的肉疙瘩。这次有了进步，这些小生命长有腿脚，会大步行走，活蹦乱跳，还有了情感。神仙们奔走相告："女娲造人成功啦！"

然而，女娲又发现，这些生命还没有灵魂，用今天话说就是没有思想和德行，不会劳动。因而没有创造能力，只能被动地适应自然，而且经常相互残杀，弱肉强食。"不够理想，不够理想。"女娲连连摇头说，"就让他们这样活着吧！可以称其为'畜生'。"

第三次，女娲好好总结了一番经验教训，作了精心设计，还在那片金色的大地上，将泥土捣粉推平，写下了一篇名为"人"的设计书，在前两次的基础上，详细描述了人的灵魂及其劳动创造能力等。然后将这些泥土搅拌在水

反躬自省品自珍

里，终于创造出了"揉泥造人、撒泥造人"的神迹，这是一个开天辟地的大事件！

从那时起，人们勤勤恳恳、劳作不息，把大地变得一天天美好起来。人所到之处，洪荒得到抑制，灾难有了抗逆，植被覆盖大地，生灵繁衍生息，整个世界变得越来越生动、美丽和有序。

（二）

许多年过去了，忽然有一天，多位神仙一起找到女娲，说："你造的许多人可能质量出了问题，除了会直立行走，其他跟畜生差不多，没看出有什么灵魂。他们不会劳动创造，还作恶多端，甚至破坏力比畜生还强。"

"噢！有此等事情？"女娲来到人间巡查，发现这些畜生般的人，先天个个都有灵魂，后来因为天魔作妖，使他们丢失了灵魂。

天魔看到有了人类的世界如此美好，便愤恨至极。天魔发现，人类之所以有如此强大的创造力，是因为他们都抱有对未来的美好向往。天魔便造出一个谣言，说："灵魂就是乌有，看不见，摸不着，只是人类自己虚无缥缈的想象，人一死什么都没有啦……"此话一传开，很快被许许多多的人接受了，都说："是啊，人死了什么都没了，没有必要成天辛辛苦苦，劳作不停。"于是，有的及时行乐，无所作为，行尸走肉；有的追逐名利，不劳而获，贪得无厌；有的为非作歹，行恶多端，不惧骂名……完全丧失了高尚、纯洁、美丽的灵魂。

女娲当场训斥："天魔妖言惑众，孩子们莫要相信！"又说："灵魂生于肉体，但又可游离于人的躯体，并长久而广泛发挥作用，灵魂永生！"

人们有些不解，问："此言如何理解？"女娲解释道："人所创造的精神财富，如他（她）的思想理论、才能技法、道德品质都可以广泛传扬，包括在他（她）的身后为创造更美好的世界发挥巨大的威力和作用。"

"知道啦！"人们又说，"那灵魂这个东西到底能不能被人看得见、摸得着哪？"女娲说："能啊！一个人的灵魂体现在他（她）创造的物质产品中，体现在他（她）的精神产品中，体现在他（她）的个人做事中。即使人的身躯没了，人的灵魂可以永远活在世上。"

人们听了齐声道："女娲妈妈，我们懂了，我们懂了！"但是也还有人说："女娲妈妈说的道理一点也没错，但灵魂这个东西感觉还是有点虚。人死了以后的灵魂，要是还像人的躯体那样是一个活生生的实体就好了。"

女娲想，孩子们说得也不无道理。为了增强人们对灵魂的存在感，女娲随即又用土块在大地上撰写了一篇文章昭告人类，大意是："血肉之躯是一张'天纸'，人的灵魂是纸上的文章。有身躯的灵魂，是整个灵魂的一个阶段。纸张没有了，文章永传；躯体没有了，灵魂永驻！"

第二天，大风刮起，文章不见了，大地上滚来雷鸣般的隆隆声，这是万物生灵在热烈鼓掌和欢呼……随即，每一个来到世上、留下过美好的人，都在天上变成了一颗闪亮的星星，区别只是有的暗淡一些，有的明亮一些。女娲说："这是因为人对世界的贡献大小不一样。"

人们欣喜若狂，感谢女娲给予了人类肉体，还给予了人类灵魂。大家说："这天上每个人的星星，要是能摘到大地上来行走就好了。"女娲说："不是不可能，将来技术发达了，你们就能摘下来！"

万事如镜

交往处事须灵活

日月争明

太阳和月亮原先差不多明亮，他们相互吸引、依赖，悬挂在空中。但后来，二者互不服气，都想自己变得比对方更加光芒万丈，成为天上的佼佼者。

最先挑事的月亮，他找来一个由石头和泥土和在一起的球，也就是地球。月亮吹一口气，像打球一样把地球砸向太阳，太阳的光芒瞬间变得暗淡；太阳不示弱，也吹一口气，把地球又砸向月亮，月亮也一下子变得暗淡。就这样你"轰隆隆"来，我"轰隆隆"去，时间一长，太阳和月亮都产生了一种巨大的反弹力，不用再一口气、一口气吹，便能抛动地球了。就这样，地球被弹射过来，弹射过去，一直弹了一万万年，他俩都伤痕累累，没有原来那样光亮了。

这时，天帝发现，太阳和月亮互相砸来砸去，都有点摇摇欲坠，地球也被砸得千疮百孔、凹凸不平，他惊呼："别砸啦！别砸啦！一旦谁被砸下去，你俩都将毁灭。"然而，太阳和月亮还是不依不饶，无休止地弹抛着地球。

见势不妙，天帝派出一群神兽，就在月亮把地球砸向太阳的空档里，一字排开，奋力把地球拦住，安放在了日月谁都够不着的地带，摆脱了太阳和月亮的来回反弹。

这时月亮感到吃了亏，大发雷霆："太阳这么火红，而我暗淡失色……"天帝苦口婆心地劝道："就这样吧！你俩这样对峙下去还有完没完，想同归于尽吗？再说啦，谁叫是你先挑起的战争哪！你要想明亮起来，得靠自己努力，打压别个无助于自己……"月亮服输了。

从此太阳和月亮平安相处，他俩轮流着照亮地球的一半，为地球带来了一个生机勃勃的世界。

蚂蚁和老鹰争高

一小堆沙丘上，有一群蚂蚁啃着一根长长的树枝。蚂蚁们相互闲谈，说："我们天天在这木棍上爬来爬去，真没意思，哪天到外面的世界看一看就好了。"说话间，来了一只老鹰，叼起树枝的一端直飞千米高空。

蚂蚁们一阵恐慌之后，惊喜地发现眼前的一幕美丽极啦：一会儿，重重叠叠的千峰万嶂扑面而来；一会儿，黄澄澄的万顷良田映入眼帘；一会儿，鳞次栉比的高楼城郭向后奔腾；一会儿，云水一体的海天大幕快速逼近。蚂蚁

们都感叹："这是我们这辈子最幸福的时刻啦！"

不一会儿，一只蚂蚁说："你们看，那老鹰比我们飞得还高，他看到的一定比我们还要美丽。""对呀，他叼了我们的树枝，还飞在我们上头，凭什么呀？"蚂蚁都愤愤不平。

几只蚂蚁爬到老鹰的嘴边，狠狠咬了几下，试图让老鹰放开树枝，但老鹰嘴是硬的，就是咬不动，老鹰也无动于衷。这时，一只老蚂蚁爬进老鹰的嘴里，把老鹰的舌头使劲咬了一口。

老鹰"嗷"的一声，随即蚂蚁跟着树枝从两千米的高空落下，掉进了大海。

"三个和尚"新说

有一则"三个和尚"的故事。说山上有座庙，庙里和尚每天一大早去挑水。开始让一个和尚去挑水，每天供水挺正常；后来新来了一个和尚，便相互推让起来，结果只好两人抬水吃；再后来，又新来一和尚，三人推让，结果庙里没有水吃了。于是，方丈规定三人轮流值班挑水，每人一天，保障了庙里有水吃。

据传说，这个故事还没完。

说是打那以后，庙里和尚陆续来了第四个、第五个、第六个……和尚越来越多，每天清早挑一担水不够吃了。轮值和尚只好用白天上班时间去挑第二次、第三次水。这样，等于庙里设了一个专职挑水的和尚。方丈说："这不行！"庙里很快买来一对盛水 120 斤的大木桶，替换了原来的小水桶。

这一"变革"，让局面完全反转过来了，变成了"一个和尚没水吃，两个和尚抬水吃，三个和尚挑水吃"。事情是怎样的呢？

起先，还是安排和尚轮值，用大桶挑水。第一个和尚怕沉，挑回来的只有两个半桶水，庙里不够用，被大家责备一通。第二天挑水的和尚不得不把两个大桶装得满满的，但山高路陡，半山腰里歇好几次了，还一不小心闪了腰。大家怨声载道，和尚们谁也不愿去挑水了，庙里又闹起了水荒。

于是，方丈决定每天早上派两个和尚去抬水。这样，人倒是不太累，可效率太低。抬几桶水，两人就得跑几趟，早上去了中午还得去。方丈算了一下账，这等于设了两个专职和尚，花费了四人次的劳力，连说："划不来，划不来！"

最后，他采取了一个新办法：每天早上派三个和尚接力挑水，各管一段。这样避免了过度劳累，效率也比较高，清早一次挑水可供一天使用。大家称赞："这个办法好！"

寺庙规模不断扩大，久而久之，人数增加到几十口、几百口，每天早上组成若干"三人组"接力挑水，保障了整个庙用水充足，滋养了一代又一代和尚。

仙种失传

盘古开天地不久，农人们弄不清春夏秋冬、白天黑夜、寒暑冷暖、阴晴风雨等等这些事情。

清明节那天，天公派出一百个神仙来到大地，在一个名叫"大河"的地方设点布台，一字排开，接待解答农人们的各种问题，他们有明确分工，每一个神仙专门解答一类问题。

正午时分，暖阳当空。来了一位种田人，说他得了一颗仙种，种出来的果子人吃了永生不死。但怎么种，种田人不得而知，他逐一向神仙请教。

种田人问来问去，经过了一个时辰，要问的基本问清楚了，并知道这颗种子最晚必须要在当日正午时分撒到地里，否则种子就废了。

那什么时间是正午时分呢？真是不巧，分管解答时间问题的神仙正好不在，因天公临时召唤有事去了。种田人犯愁了，他跪地求各位神仙："请告诉我，啥是正午时分？"但神仙们都不予理睬，说："这事不归我管。"

过了三个时辰，解答时间问题的神仙终于回来了，说"刚刚在暖阳当空那一会儿就是正午时分。日照当空是正午，各位神仙都知道，怎么都不告诉你啊！也怪我，忘了告诉他们代行一下我的职责。"

这时太阳已经西下，播种的时机已经错过，天下少了一种仙果。

界限大夫

从前，南山下面有个村庄，许多人中了瘟疫，全村人心惶惶，不知所措。

村长忧心忡忡来到寺院里拜见高僧，高僧指教："咱南山上的'界限'大夫能治此病……"

村长一听蛮高兴，急冲冲说了声："知道了，谢谢！"转身就一路小跑回到村里，转述了高僧的话，村民都说："有救啦！有救啦！"随即，病人们上山到处打听姓"界"的大夫，不一会儿真见到了一位姓界的大夫。

界大夫给开了药，嘱咐："回去碾成粉末，装在一个布兜里，白天挂在脖子上，夜间放在枕头边，闻着药味身体就好了。"

过了三天三夜，出乎预料，有几个病人竟死掉了。有村民说："界大夫用的是'毒药'，谋财害命！"村民们来找界大夫，界大夫慌了神，借故从后门溜走了。

村长再次来见高僧，讲述了情况。高僧问："让你们找'界限'大夫，你们找到了吗？"村长回答："找到了，'界'大夫就在南山东坡上。""阿弥陀佛，你们没有找对喔！"高僧有点生气，"你们找到了'界大夫'，还得去找'限大夫'，才能治好病啊！"高僧用手一指，说："'限大夫'就在南山西坡上！"

村长才知道，原来界限大夫是两个人。界大夫医术不高，但他是一位采药能手，手上有好药；限大夫医术高明，但手上好药不多。所以，高僧每遇病人求问，都将两位大夫一起推荐。

村长恍然大悟。又一次传达了高僧的话，病人们翻山越岭来到南山西坡找限大夫。限大夫说："这付药疗程三天三夜，用少了不灵，多了也不行，超一个时辰会致死。"

这下，大家明白了！全村的病人都严格按"界""限"两位大夫的嘱咐用药，用足三天三夜，立马把药包扔掉。果然，病人个个恢复了健康，瘟疫得到了控制。

村长找到高僧道谢，高僧严肃的面孔又带点笑容，说："跟你们说啥事，话都没听完，就说'知道啦！知道啦！'什么是知道，找到了'界限'才算知道！"

卖桃人算账

从前有个种桃的农夫，人们叫他"桃大爷"。他的桃按个卖，一文钱三个。

收桃时节，每天妻子摘桃，桃大爷摆摊卖桃。卖桃用的方法是按把抓，顾客付一个铜板，他一把能抓三个桃；顾客再付一个铜板，他再抓三个桃……，算得门儿清，每天卖出几百个桃，从来不出差错。

许多年以后，几个儿子长大了，他们一起种桃。但卖桃的事桃大爷还是亲自来。不过现在，采的桃多了，每天要卖几千、上万个，老按把抓太麻烦。孩子们教他一个计数方法，"一三得三，二三得六，三三得九……""三个桃换一个铜板，三十个桃换十个铜板，三百个桃换一百个铜板……"

这一下，桃大爷晕啦！他问："为什么？"孩子们告诉他："这是聪明人想出来的办法。"

卖桃人还是不信。他用他的手抓法，对"三九二十七"的口诀进行验证，每次左手收一个铜板，右手一把抓出三个桃，来回九次，然后数一数，是不是二十七个。如此验证了十次，发现有三次"不准"。桃大爷连忙说："这个方法不准！不准！"

他又用同样的方法，对孩子们"三千个桃换一千个铜板"的说法进行验证。用三天时间，试了十次，发现一次一个样，还累得满头大汗、头昏脑涨。他把几个儿子叫到身边，责备了一顿。

桃大爷依然用他的手抓法卖桃，每天起早贪黑，卖出成千上万个桃，顾客们连连反映给的桃"多了""少了"。不久，桃大爷累得不行，一病不起。

"孬种"转正

传说，帝尧时代，一个地方的农家菜地里长出来一种细长的扁叶草，油绿油绿的，他适应性强、生长快，迅速蔓延开来。

蔬菜们都不喜欢他，攻击他"既不好看，也不能吃"，称其"孬种"，要把他驱赶出菜园子。扁叶草求饶："乞请蔬菜大哥哥、大姐姐恩准，我只长在你们周边、间隙。"

蔬菜们不领情，说："这是我们的地权，不容侵犯！"大家找到百草王，请求把扁叶草赶走。百草王来了，对扁叶草说："孬种，你私闯菜园，犯了百草王国的王法了！"百草王枝叶丰茂，威风凛凛，开着各色花朵，欲以自己的高大身躯和发达的根系阻挡扁叶草生长。可扁叶草耐阴、耐湿、耐旱，不畏强悍，依然蓬勃生长蔓延。几个回合下来，百草王扛不住了，便耷拉下了脑袋。

百草王给农夫托了一个梦，梦里说："哎哟！我和蔬菜们的生存权受到了侵犯，活不下去啦，快来锄掉这些孬种！"第二天，农夫们来了，可是扁叶草锄了长，长了锄，越长越疯。一次，有个胆大的农夫，把他锄掉的扁叶草拿回家炒熟尝了尝，发现味道鲜美，吃完身体也无碍。此后，农夫们不仅把除下来的扁叶草拿回家，还在更大范围内种植。

百草王怒了！他又给当地部落首领托了一个梦，"主公啊，我们五颜六色的鲜花是您的最爱，可是我们现在正遭到可恶扁叶草的摧残……"

首领下令让农夫挖地三尺，彻底根除扁叶草，并将其列为禁草。这样一来，反而使部落里的人们都知道了扁叶草能吃，偷种偷吃的越来越多。

一次，帝尧率人外出劳作，意外发现了这种扁叶草，还亲口尝了尝，觉得能吃，于是让属下挖回去栽种当菜吃，并给起了个名字，叫"韭菜"。

故事传开，扁叶草正式成了蔬菜大家庭中的一员，为人们世代栽种。

五爷求医

王二法与郑五爷是一壁之隔的邻居，二法是医生，五爷是木匠。两人都在外乡做事，各自成名一方。不知怎么的，他俩在家门口都不怎么"吃香"，也没啥生意。

两家人几十年相处和睦，相敬如宾。然而，二法家有什么木工活，或是五爷家谁身体不适，他们从没找过对方。

一次，五爷妻子得了一个病，叫肝脓肿。经县医院诊断，病重危急，建议开刀。五爷想再找别的医生瞧瞧，寻思半天，也想不出附近有什么好医生。一天，有人告诉五爷："县城汽车站往南一里地，古塔村有位老中医，名字叫威正。你到那儿一问，人们都知道，挺有名气。"

第二天，五爷携妻路远迢迢赶到古塔村找威正大夫。他一脚跨进诊所门槛，一位正在低头开方的白大褂抬起头，瞪大眼睛从金丝老花镜上方看过来。

五爷愣一下，站住了，说："二法，你怎么在这儿？"五爷心里一阵尴尬："威正大夫没见着，先遇上了老邻居，要是说出真实来意，那多难为情；要是不找威正大夫，那……"

"哟，五爷，你们怎么来啦？"白大褂二法放下笔，抬起头。

五爷一副忐忑不安的样子，说："哎！你嫂子得了肝脓肿啦，县医院让开刀，我们想……"他拉住妻子的手走到医桌旁，趁机用力掐了一下妻子的小手指，暗示："你别吭声，我来说。"

"来，来，来，您二位先坐下。"白大褂二法站起身说，"您看看，咱是好邻居，有事隔着墙壁喊一声，何必跑这么远呢！"

"是啊，是啊，真不好意思。你经常早出晚归，怕不方便，所以我们今天专程赶来，还是您二法瞧病我们放心！"

五爷这会儿已经捋出思路："今儿怎么着也得请二法大夫开一次药，大不了下次换个大夫瞧病。"

不一会儿，二法经过一番望闻问切，开了三副膏药和三副汤药，说："拿回去，用三天，再来抽脓。"

三日之后，病情好转，五爷携妻前来抽脓。二法又经一番望闻问切，开了些药，嘱咐："再用些日子就好了，不必抽脓了。"

五爷夫妇喜出望外。走出诊所，妻子低声道："哎，我刚才怎么听有人喊二法'威正大夫'？"五爷诧异，掏出药方仔细一看，惊呼："嘿，正是，'医师签名：王威正'。"后经打听，"王威正"原来是"王二法"的学名。

岛人量岛

臂展法

在遥远的大海里有座岛，岛中央有座山，远古时代这里住着一个原始人类的部落。一次，部落首领决定对全岛进行一次测量，看看海岛以及岛上的山丘、土地有多大。那时的人们对长度、面积的认识处于懵懂状态，测大小也只是量周长。

当时没有尺子，首领说："咱们必须找一个固定不变的东西作测量工具。"他把一个大高个男子拉到身边，让他把两个手臂左右一字伸开，当众说："大家看，从他的左手中指尖到右手中指尖，我们称之为'一臂展'。以后测量，一臂展就是一个长度单位。"大家说："好，那就干脆请大高个来量吧！"

测量开始了。那大高个在地里趴下又站起，趴下又站起……，沿着海岸线一臂展、一臂展地量啊量。岛民都称赞他"量得准"。

几天下来，那大高个累得病倒了。而且大家发现这个方法也太慢："这么长海岸线，还有山和地块，怎么量得过来哟！"

草绳法

首领又找大家商量，有智者说："那好办！"他找来一

交往处事须灵活

根稻草绳，截得与大高个的一臂展等长，说："以后就用这个测量好了。""好！好！"首领赞许，并张开十指一举，补充道："那就索性截成十个这么长，十臂展为一绳，这样量起来不就更快嘛！"众人连连点头。

　　首领做了许多根这样的草绳发给大家。打那以后，很长一段时间，大家都用十臂展长的草绳量地，都认为很方便，结果也挺准确。要是草绳坏了，就拿着找大高个伸开双臂再比画做一根。从此，"臂展"测量法被"草绳"测量法所代替。

由己法

　　许多年之后，部落里有的人因为怕麻烦，草绳坏了也不来找大高个比画做新的，而是随便依照各自的手臂长短做一根绳子罢了。

　　首领发现这个情况，把他们找来批评。不料，不少人还有不同意见，"头人，你用一根草绳就把我们每个人的手都捆住了！人是万物的主人，绳子是死的，人是活的，大伙儿想怎么量就怎么量呗。""说得对！说得对！"许多人都应声附和。首领被说得有些糊涂，说："那行吧，你们爱怎么量就怎么量吧！"从此，"草绳"被淘汰了，慢慢演化出五花八门的测量工具和方法，人们将其统称为'由己'。不少人还说，"'由己'测量法最科学，顺应人性，合乎天道。"

众议法

　　此后，部落里测量的速度也大大加快，不久，就把岛的周长、山的周长、地块的周长测量了一遍。首领发现："奇怪！山的周边，怎么比岛的周边还长呢？"首领又找大家，说："这个方法不行啊！山在岛里，边线也没大的弯曲，岛大山小才对啊！"有人说："毛病可能出在各行其是了。这样吧，咱们再发动大家把测量的全部结果评议一遍吧，相信众人的眼睛是雪亮的。""好吧！"首领同意。

岛民推举出一帮智者坐到一起，对测量结果逐个评议了一遍。他们把这个办法叫"众议"，都说："'众议'是个好方法，可以集思广益，截长补短，这下肯定没问题了！"

最终结果出来了，怪！还是"山比岛大"。那时人们的头脑没有现在聪明，首领也蒙了："这是怎么回事呢？"

天帝送狗

狗对人为什么那么百依百顺？

传说，女娲造人之后，一次，一位母亲带着孩子急匆匆赶路。孩子看见路边树上红红的桃子，停下来要摘着吃，母亲一把拽住，说："这个吃了要肚子疼！"孩子挣脱，上树摘下一个桃子，母亲给孩子一巴掌。不料，孩子受伤，过了一晚上死了。

此时震动了天庭。天帝对女娲说："你造的人有一点不好，个个都由着自己的性子做事，喜欢侵犯别人的自由空间，经常打打杀杀。"

"帝君所言极是……"女娲向天帝赔罪。天帝说："这样吧，我送人类一批狗作为随从，供人释放自由欲望。狗对人会百般顺从，比人的亲生儿女还忠诚。"天庭百官补充道："人有了狗，可再不能入侵他人自由空间了。""好啊，好啊！"女娲答应。

很快，人类身边来了一批狗。

一次，女娲看见一位女子遛狗，那狗看见路边一根香喷喷的肉骨头，想过去吃。"不去！快走！快走！快走！"女子大步流星，扯着急促的尖嗓子一通吼，那狗乖乖地撇下心爱的肉骨头，一溜小跑，屁颠屁颠随女子而去。

女娲高兴，即昭告人类："以后自由欲望过盛者，就养条狗释放吧。除此之外，任何人不得侵犯他人自由！"

"美"里有"没"

　　传说，黄河岸边有一个部落，许多男孩十余岁就搞对象了，他们交一个散伙，交一个散伙，十五六岁就交了数以百计的女朋友。

　　母亲们催问："好看的女孩那么多，赶快定下来成婚啊！"那时还没有多少定型的语言文字，人们交流的时候都是"哇哇哇"一片乱叫，儿子们手舞足蹈、捶胸顿足地叫着一个字："没——没——没——"

　　这"没"是啥意思？母亲们纳闷，时间一长才交流清楚，意思是说："没有好看的女人！"母亲们又问："没有好看的，那你们还谈那么多对象啊！"儿子们说："这些女人，好看都是远距离的，近距离一接触，有的脾气太坏；有的心地不善；有的身体有病；有的举止不佳……"

　　母亲们哈哈大笑："傻孩子，天下哪有没有缺点、毛病的呀！"还有母亲说："孩子们啊，你们可说了大实话，'好看'这个东西，本来就是'远看有，近看没'，天下哪有远近都好看的人！"为了让孩子们理解这个道理，母亲们在地上画来画去，专门创造了一个字，用以准确表达"好看"的意思，该字保留了"没"的发音，这就是"美"。

　　儿子们都说："以后知道了，'美'里面本来就有'没'的意思。"他们改变了求全责备的择偶观念，发现不足也是一种美，很快建立了自己的家庭，个个都称赞自己的妻子"真美"。

　　时间一长，"美"字被用来形容所有好看的事物了。

郎中店的门

　　村里有一户人家，家中有两个男孩，哥哥叫蓝毛，弟弟叫绿毛。他们的妈妈腿脚不便，体弱多病，每次求医的时候，总要让蓝毛、绿毛先去"侦查"一番，看郎中店（诊所）开不开门。蓝毛、绿毛两个轮流去，结果弟弟绿毛每次都能让妈妈看上病，哥哥蓝毛则不然。

　　第一回：妈妈先让哥哥蓝毛去。蓝毛半路遇到回来的人告诉他"今天郎中店不开"。他便回来告诉妈妈："今天关门。"第二天，弟弟绿毛去，半路上也听人说"今天郎中店关门"。但他还是去看个究竟，发现郎中先生正迈进门槛。回来告诉妈妈："郎中先生在！"

　　第二回：蓝毛到郎中店一推大门，大门紧锁。心想："郎中先生不在，我等着就行了呗！"他等了好长时间，妈妈因为病急，让绿毛也去看看。绿毛绕着郎中店来回转悠了一阵。原来，因为今日天冷风大，郎中店开的是后门。和哥哥一同回来高兴地说："妈，今天开门，从后门进！"

　　第三回：蓝毛一看郎中店没人，也绕着察看好几圈，还是不见开门，只好垂头丧气回了家。绿毛说："妈，我再去。"绿毛去打听了好几个人，都说："郎中先生到你们村里出诊去了。"绿毛赶紧返回，开着玩笑告诉妈妈，"郎中店的大门开到咱们村里来了。"

　　第四回：蓝毛见郎中店大门敞开，拔腿回家，告诉妈妈："今天开门！"妈妈一瘸一瘸来到郎中店，发现郎中店关门。原来郎中先生刚才是在，现在外出了。第二天，弟弟绿毛去了，一看郎中先生在，问道："您一会儿出门吗？我妈要来看病。"郎中先生说："来吧，看完你妈妈的病我再出门。"绿毛马上跑回家，说："赶紧去，医生等您！"

第五回：蓝毛一看郎中店开门，郎中也在，赶紧回去告诉妈。这回蓝毛没想到，妈妈是外伤，店里内科郎中在，外科郎中不在，使得妈妈又白跑一趟。妈妈哭笑不得，"孩子，这不和关门一样吗！"当天下午，绿毛弟弟又去，发现外科郎中倒是有一个，但是一位学徒。还打听到大郎中下午六点会来一趟，于是绿毛早早为妈妈挂了号。

第六回：蓝毛见郎中店很热闹，回家说"今天开门"。结果妈妈来了，等半天没有排上队。母亲说："孩子，这还不如不开门，免得让我白跑一趟！"第二天一早，绿毛弟弟再去，发现病人比昨天还多。他边排队，边托人捎话让他妈马上来。真巧，妈妈到了，也正巧轮到她。

……

妈妈把蓝毛叫到跟前，批评了他。蓝毛挺拧巴，说："弟弟是瞎猫碰上死耗子，巧啦！"

有一年，郎中先生招徒弟，出题考试，其中有道选择题："郎中店的门有几种状态：1.两种状态，要么开，要么关；2.许多种状态。"

弟弟绿毛报名应试，被录取了。

摁了开关

有位老爷子，有个不记事的坏习惯，打小就不记得自己年龄，只知道出生那年镇上烧了一场大火。参加工作时，人们据此推断出他的岁数。有人给他起绰号叫："啥啥不记"。

这天清早，他夫人说："小屋里的电灯怎么不亮了？"老爷子倒真勤快，回了一声："我去看看。"人已进到小屋，娴熟地摁了下墙上开关，爬上小桌，操着起子摆弄电灯。

就听"砰"一声，老爷子摔了下来。

夫人过来小屋一瞧，老爷子的右手食指和中指被电灼黑了，额头磕到床沿鲜血直流，一脸苦相。

"你怎么弄的？"夫人问。啥啥不记老爷子说："我关了灯呀，准是开关坏了！"

二人赶紧打车去医院。一上车，司机问："去哪儿？""我关了灯呀，准是开关坏了！"老爷子惊魂未定，答非所问。

到了急诊，大夫说："让我看看伤口。""我关了灯呀，准是开关坏了！伪劣产品……"老爷子还是答非所问，越说越窝火。

回家路上，老爷子和夫人，一个不停地自言自语："我关了灯呀，准是开关坏了！"一个心疼不已："你总啥啥不记，太容易出事了！"

一进家门，夫人推着老爷子进小屋查看，果然，开关面板上，按钮是在开的位置。"你看看，还说自己关了灯的！"

"我确实摁了一下开关才站上桌子卸灯泡的，没错啊！"老爷子不服。夫人边做示范边数落："你看咱家这开关面板，摁上头是关，摁下头是开。看来你是盲摁开关，没有走心哦！"

老爷子恍然大悟，说："活了六十多岁，这个真还是头一回注意到。"他记得年轻时候用拉绳开关，一拉灯开，再一拉灯关。"敢情现在这面板开关，不是一摁灯开，又一摁灯关，摁上摁下还有区别？"

老爷子还是半信半疑，把家里所有的电灯开关试了一遍。"还真是！好嘞，好嘞，你说得对行了吧！"老爷子像个犯了错的孩子，语气也软了许多。

他内心陷入了深深的困惑和自责："家里开关摁了几十年，天天摁，千万次地摁，这么一个简单的操作我怎么就没有留意过呢？"

四

万事如镜省吾身

万事如镜

话说女娲造人后不久，人们都想表现得优秀一点。

一次，人们正在地里干活，女娲来了。一位男子问女娲娘娘："我怎么样？"女娲说："哎呀，这个问题很复杂，三言两语说不清。"

女娲往稻田那边一指："你看，这边的一切是什么样的，你都能感觉到吧？"那人作答："嗯，能感觉到。"女娲又问："你种的地怎么样，你能感觉到吗？"那人又答："能感觉到。"女娲说："那就好，你怎么样，就在你对世间的感觉里面。"

看那人不解，女娲又指着一块石头，让他和另外一个瘦弱女子分别搬了搬，问二人："沉不沉？"男子说："不沉。"女子说："很沉。"

女娲又看了看远处，问二人："这西北风冷不冷？"男子说："不冷，舒服。"女子说："冷得很！"

女娲归结说："这下知道了吧，你感受到的石头不沉、大风不冷，同时就显现出你自己不怕沉、不怕冷，身体健壮。""是，是，是！"男子豁然开朗。

之后有一天，女娲来到一处高高的山崖上，望见下面的湖面如镜。她灵机一动，为了进一步说清楚那个道理，她领着那男子等人来到山崖上，让他们一个个俯视湖面，大家感到很稀罕，都说："看到了一个与我一模一样的人，

万事如镜

070

我动他也动，我笑他也笑。"女娲追问："有没有看到别人？"都说没有。

然后女娲说："你们所看到的、听到的、感觉到的一切事物，实际都是一面镜子。那湖面镜子，照出的只是你躯体的样子；而世间万事万物，可以照出你的全部。"大家都说："这下明白了，明白了！"

狗崽与奇石

古时候，有一位奇石收藏家，家里养了一群看家狗。

一天，几只狗崽外出咬死了一个小孩子。老狗对小狗数落不停，说："你们犯错啦，为什么咬人？"狗崽们厌烦得很，说："你错啦，为什么不能咬人？""你们错啦！""你错啦！""你们错啦！""你错啦！"……老狗与狗崽们争论不休。

黄昏时分，村民们群情激奋，奔来把老狗痛骂一通，说："养不教，父之过……"

狗崽们一听高兴极了，上前团团围住老狗："你这老不死的，听见了吧，是你错了，绝对是你错了！"狗崽们还说："明儿，我们继续出去咬人！"

老狗感到很委屈，对村民说："你们批评我，也不分个场合！"

有村民说："哦，我们以为那几只小狗是几块奇石呢！"

也有村民说："小狗未成年，不懂事，把他们当石头看也没错啊！"

看红塔

　　村里有个读书人，脑袋长得比常人大，天生聪明，人称"大头秀才"。

　　大头秀才自恃才高，几次谋取官位，未被录用。于是，看什么都不服气，经常别出心裁，弄出一些话题与人抬杠，以引人关注，显得自己有水平。

　　一次，东山顶上修起一座宝塔，通红通红的，成了这里的标志性建筑。男女老少都来眺望，夸："这大红宝塔好漂亮啊！"秀才则说："不，这宝塔是黑色的！"

　　村民们惊讶："啥意思啊？"秀才说："你们不会看，我跟你们说说。"

　　一天清晨，秀才拉一些村民聚到一起欣赏宝塔。他说出了个"一二三"：

　　"一，看宝塔得选在日出东方的时刻，逆光看过去。你们现在看，宝塔不是黑暗的吗？"有村民说："有一点点道理。"

　　"二，宝塔修建时我看了，外面涂的虽然是红色的，但里面材料是黑色的。你们不相信，几十年以后看看，肯定变黑的了。"又有人说："也有一点点道理。"

　　"三，请你们晚上再来看，宝塔只不过是一个黑影，说明红色不是宝塔自身的，那是太阳带来的。"又有一些人说："唉！大头秀才真有点文化！"

四

万事如镜省吾身

"就是嘛！"大头秀才得意了，"综上所述，东山顶上的宝塔本质上是黑色的，红色只是表面现象。"

村民们半信半疑，陆续散去。只有几位老者还留着，双手抱拄拐杖，注视宝塔："俺怎么看，塔都是红色的呢……"

有一位村民在返回的路上，拉了拉大头秀才父亲的袖子，说："读书不是越读越聪明吗，你娃咋的，脑袋越读越傻啦？"

风动

天为什么会刮风？据说，盘古开天地的时候，本来没有风，那空气总是纹丝不动的。

后来，空气们从高处往下看，发现一个奇怪的现象：地上的人类经常像海里潮水一般，一群群涌过来，又涌过去。

那是在干什么呢？据打听，那些人是在"奔好事"，他们听说前方有好事，所以争先恐后奔着去了。"原来是这样啊！"空气们说，"所以嘛，我发现凡是奔着去的人总是兴高采烈，喜笑颜开；凡是原地不动的都愁眉苦脸、忧心忡忡。"

于是，空气也向人类学习起来，三天两头在空中翻腾过来，又翻腾过去。过了些时候，有空气疑问："我们很少遇到好事啊，那些人类怎么总有好事？"

空气们来到人群中打听，原来人类因为总是站在地面上，根本看不到远处究竟有没有好事，所以都是跟着身边的人随大流瞎跑的。

"原来如此，那我们以后别吹来吹去啦，怪辛苦的。"然而，由于那空气有惯性，又有反弹效应，一刮就刮了亿万年，永远也停不下来了。空气们说："人类可把我们害苦啦！"

参观灵霄宝殿有感

　　玉皇大帝听说，人间的状元都是写假文章的高手。为了改变此种局面，亲自出了一道题：《参观灵霄宝殿有感》，让所有考生写一篇文章，以此成绩最终选考状元。结果，此次选考的状元没有一人写违背事实的假文章。

　　原来，玉皇大帝亲自审阅了卷子，把考官们评出的100分统统淘汰，零分或交白卷的统统录取为状元。

学摇船

十七八岁的时候，我跟村里的长辈到西部山里去割草，摇着小船去的。路途遥远，要过许多的桥，穿越桥洞可是一大险阻，尤其是洪涝季节。

我是初学摇船，与长辈换着班摇。我学得还算快，头两趟过桥洞还是挺顺利的。

第三趟，长辈提醒我："过桥洞一定要小心，千万不能撞桥墩。"这下，我紧张起来，浮想联翩：那些桥都是用硕大的条石支起来的古桥，不少已经东倒西歪，要是撞上会怎样？桥面砸下来，船身撞断沉没？越想越害怕。于是，每次离老远就紧盯着小小的桥洞，还有那湍急的水流，浑身绷得紧紧的。然而不知怎么的，一到桥洞就险些撞上，幸好有长辈扶撸相助。

长辈看我几乎没法摇船了，说："小伙子啊！心有桥洞而不能老想着桥洞，心里不要有太多负担啊。船到桥门自会直，放心大胆摇吧！"

按照长辈的教诲，经过一段时间训练，果然，船到桥跟前就不费劲地走直了，每次都能几乎不经意间穿越而过。

赶集路上的老汉

一位老汉拉着满满的一架子车棉花去赶集。为了赶时间，他这天走了一条不太熟悉的捷径小道。

半路经过一个三岔路口时，路边一位修鞋匠吆喝道："老头，走错啦！"他手朝西边一挥："棉花市场在那边呢！"

"我没走错，你不懂！"老汉头也不回，像小毛驴似的埋着头，十分笃定地朝着原有方向吭哧吭哧地行走。

"嘿，这老头，真犟！"修鞋匠开玩笑地说。

这话惹恼了老汉，"是你孬，还是我孬啊？"他停下架子车与修鞋匠吵了一架。

"有本事你别走回头路！"补鞋匠激了他一下。

老爷子执意走下去，走了好一阵，到了一个叫南河里的地方，发现自己真的走错了。那就回去呗！而他顾虑重重，"要是那修鞋匠还在路口，俺多丢面子啊！"他犹豫一阵，"还是返回瞧瞧吧！"

回到三岔路口附近，远远望去，那修鞋匠果真还坐在路边小凳上。老爷子立马回头，又往南河里走去。

他索性不去棉花市场了，拉着那车棉花走村串户就地叫卖起来。村民问："老爷子，你卖棉花咋不到集市上去啊？"老爷子说："我卖卖看，集市弄不好没有这里好卖，我相信你们这里啊！"

一天下来，棉花一斤也没卖掉。深更半夜回到家里，老婆子问："今儿村上人赶集都卖了好价钱，你咋的？"他支支吾吾不好意思说。

老婆子追问："你是找相好的去了吧？"两人差点儿闹成了离婚。

"怪物"所见

入夜，山坡只余下漆黑和灰白两色，宛如一张巨幅水墨画。"哗——哗——哗——"溪流旁，一群栖息在树上的小动物正在"叽叽喳喳"地聊天。

有两只小动物，时而说"太阳可以从四面八方出来"，引来一阵大笑；时而又说"山溪经常从下往上流"，招来一通责备；时而还说"有的树叶比蓝天还大"，惹来一片骂声……别个小动物也看不清他俩的面目，便问："你们是什么怪物啊？"那俩回答："我们不是怪物，我们亲眼所见，还能有假？"

水是从下往上流的。

次日天亮，他们相互看清了面目，问话的是小鸟，那两只小动物是蝉，一只青色的，一只黑色的。小鸟们明白了："噢，原来你们是常常倒挂停在树叶下面的蝉！"大家善意地给他们纠正："你们这是错觉……"

青蝉顿悟，说："噢，以后知道了，谢谢！""好样的！"小鸟夸奖道。

黑蝉执拗，说："我没错！我可是世界的中心，你们懂吗？我头为北，我背为上，我见为实。"小鸟们"叽叽喳喳"，个个拍打着翅膀笑个不停："你疯了吧！你疯了吧！哈哈！哈哈！"

"你们笑什么呀？"黑蝉说，"连人类都对我们充分肯定，他们把我们叫'知了'，意思就是夸我们什么都知道……"

假聋人

有一乞丐，终日低着头，跟人说话从不抬眼皮，只顾自己说自己的，很少回应别人，人称"假聋人"。

一次，天纷纷扬扬下着大雪，乞丐背着病重发烧的婴儿，一整天没吃饭了，好不容易找到了一户人家开着门，"这可有救了！"她想好了，要碗饭，再要碗开水给孩子喂药。

"行行好吧！要碗饭，再续点开水"，乞丐谦卑得差点儿跪地磕头。

这家老奶奶是位好心肠，搬出一只小凳子，说："快来，快来，屋里坐！"

乞丐不吭声，眼睛盯住了门外那捆麦秸秆。

老奶奶又迅速搬出一只靠背椅，说："进屋吧，别客气！"

此时，乞丐还是没反应，那眼睛一直停留在麦秸秆上，"这地儿合适。"说完一屁股坐了下去。

顿时，老奶奶急了，"这麦秸秆我要做佛经的（念佛时双手举在手里的一小扎麦秸秆，俗称'佛经'），怎能屁股坐呢？"

"你不想给饭就算了。"那乞丐一听，大吼一声，一拍屁股走了。

（二）

乞丐又来到另一村庄，站在一户人家大门口。"行行好吧！要碗饭，再续点开水。"

出来的是位女主人，说："小宝贝多大啦，可以吃干饭了吗？"

"你问我孩子多大要干吗？咱再穷，孩子也不送人！"原来，前几天就有人问她要过孩子。

"不，你没听懂我意思，多虑啦！"女主人连忙解释。

"你不就是这个意思吗？"乞丐一气之下又走人了。

（三）

乞丐到了第三个村庄，找到一家。"行行好吧！要碗饭，再续点开水。"

这家男主人也很热情，很快端出来一碗热腾腾的米饭和一碗滚烫的开水，递给乞丐。

乞丐似乎没看见，手忙脚乱从她自己包里找碗。原来，孩子得的是下痢，她怕把病传染给主人家，也是一片好心。

"没关系，你们就直接用我家碗吃吧！"主人说。

乞丐像是没听见，转身递过去自己的碗，一不小心碰了主人，主人手里两只金镶边瓷碗落地打碎了。旧时瓷器可是家里最值钱的物品，主人心疼极了，说："你这要饭的，害得我……"

这回乞丐终于听见对方说话了！她比主人还急，二话没说拔腿就走，人影消失在了茫茫雪花之中。

乞丐呀！乞丐呀！你怎么这么不会与人沟通呢？你那孩子还好吗？

财迷打电话

有一位女士，人称"财迷姐"，是做买卖的小老板，在当地算是中等收入家庭。

以前因为吝啬电话费，她一年也不主动给老家父母打个电话，都是父母主动给她打电话。

她给一个哥哥和一个叔叔打电话，都是"嘟"的响一下，立马放下，等着对方打过来。因为哥哥、叔叔手机话费可以报销。

后来有一年，财迷姐的店铺里有了 Wi-Fi，她就利用微信里的通话功能，没完没了地给家人和朋友打电话，经常一打就两三个小时。一天，她正好有闲，从头天上午 9 点打到了次日早晨，中间没停，中饭、晚饭都是吃的干粮、方便面，边吃边打。八点钟，她店铺里的员工上班来了，发现老板晕倒了，神志不清。此时手机里还通着电话，只听对方呼喊："你怎么啦？你怎么啦？"

要问财迷姐打电话怎么突然变得这么"慷慨"？原来，那 Wi-Fi 是当地政府为了招商引资，免费安装提供的。

财迷姐被送到了医院，医生说："赶快打电话叫你丈夫来，在治疗同意书上签字。"财迷姐递过手机，有气无力地对医生说："麻烦帮忙打开你们医院的 Wi-Fi。"

绣线姑娘修炼记

传说，很久以前，百花仙子为了给人间带来美丽和繁华，采集各地花草树木，营建了一个花园，名为"九方大花园"。她到江南腹地一个村庄选秀，看到村口两株格外秀丽的孪生绣线菊，她将略小的一株移植于九方大花园。从此，姊妹天各一方，日夜思念，彼此遥祝过得平安幸福，又暗下决心自己做得比对方更好、更强。

（一）修得耐热真气

百花仙子疼爱每一种花，亲切地称她们为"姑娘"。不论花长成啥样，她认为都很美丽，都平等对待她们。可是，花卉姑娘们原来生长的地方不一样，习性也不一样，种养难度极大，百花仙子只好采用大致统一的方法伺候。

为适应多数花卉的习性，花园营造了比较温热的气候。可绣线姑娘怕热耐寒，初来乍到，很不适应，成天耷拉着脑袋哭鼻子，请求百花仙子让太阳神少给点阳光。

喜热耐温的一些花卉知道后不同意。尤其是旁边那棵木棉花，气势汹汹地喊话："你这丑丫头，胆子不小！你知道我是谁？我是大名鼎鼎的南粤木棉，人称'英雄花'。我就喜欢热，你得随我的！"的确，那木棉壮硕的躯干，高耸的姿态，红艳夺目的花葩。相较之下，绣线姑娘个头矮小，身条细弱，花色素淡，相貌平平。

出于大花园整体考虑，百花仙子只好劝导绣线姑娘好好修炼体内真气，尽快提高自己对高温气候的适应性。

绣线姑娘打起了精神，每天烈日下刻苦修炼，以避免脱水干枯的危险。

木棉看到绣线姑娘挺能吃苦，老实顺从，动了心思："让她成为我的仆人。"木棉要同化绣线菊，让她放弃原来的生活方式，成为和自己一样生活方式的花木，从而认同、崇拜、归顺自己。木棉用亲热的语气向绣线菊喊话："喂，小妹妹，如果你不想被太阳晒死，有一个办法，你得把我体内的真气吸收到你的身体里。"那木棉用的是南粤方言，绣线姑娘没听懂。

后来，经过一百个日日夜夜的学习，绣线姑娘听懂了木棉的话。

"那怎样才能做到？"绣线姑娘问。"你不能每天蔫蔫的，要把茎干挺得直直的，叶子、花瓣张得大大的，敞开你身体的'大门'。这样，当风儿吹起，我会把我的真气借风传于你。"

"哦，知道了！"绣线姑娘照做，并坚持不懈地修炼。不久，身体果然恢复了生机。接着，连续修炼五百年，终于成了九方大花园的瞩目一秀。然而，绣线姑娘并没有被木棉同化，而是变成了既抗寒冻又喜温暖的一个新的自己，繁衍出的子孙后代，遍布花园内外，四面八方。

木棉嫉妒了！

万事如镜

（二）修来繁花似锦

一次，九方大花园举办"赛美大会"，园内全体花卉姑娘参加，比赛内容包括形体、色彩和歌唱三个内容。百花仙子让木棉等几种高大而有实力的花卉作为主办者，委托她们制定比赛规则。木棉很霸气，比赛规则基本是她一个说了算，评分标准主要有三条："形体以高大为美，色彩以鲜红为美，歌声以南粤唱法为美。"绣线姑娘们自然毫无优势，一场比赛下来，她得了倒数第三，木棉自然第一。

绣线姑娘们心里不服气，但不敢言语。想到江南远方亲人的期望，也不甘沉沦。她们照着"形体以高大为美，色彩以鲜红为美，歌声以南粤唱法为美"三条标准，日复一日、年复一年，一茬接一茬地修炼，又是五百年之后，绣线菊族群发生了千变万化，成为一个美女如云的大家庭。她们红的、粉的、黄的、紫的、白的交相辉映，婀娜多姿，妖娆妩媚，也不乏雄姿英发、仪表堂堂，把整个九方大花园打扮得姹紫嫣红、华美壮丽。繁多的品种还遍布于天南海北、五湖四海。她们有五彩缤纷的月季，有凝寒独开的红梅，有花团锦簇的海棠，有红艳如炬的玫瑰，有幽香艳丽樱花，还有形体高大的木香花、金樱子……绣线菊家族姐妹们的歌喉，不仅学会了南粤唱法，而且各地方的戏种都会唱。人们为绣线姑娘大家族起了个名字，叫"蔷薇科"。在蔷薇科的辉映之下，木棉那样的高耸和艳红略显单调。

木棉恼火了！

（三）修出硕果飘香

木棉要把绣线菊驱赶出九方大花园。她找到百花仙子，说："您看，我结出的果子个大美观，里面还有棉絮，可给人类带来温暖。现在有些小杂树结出的小果子既不能吃，也不能用，对人类没有经济价值，光知道开花。她们不应该在大田里生长，建议把她们赶到房前屋后、沟边路旁去！"百花仙子说："你这话站不住脚，我们这里本来就是花园，又不是农田。谁也没有权力把谁赶走！"绣线姑娘一听，木棉的话是针对自己的，暗自落下了眼泪。木棉不依不饶，又叫乌鸦转鸽子，给神农捎信，要求管管这事。神农说："九方大花园的事不属我管，但以后没有经济价值的草木确实不能长在农田里。"

绣线姑娘理解神农的话。她想："从长远看，我的子孙后代老生活在房前屋后、沟边路旁也不行啊！"

绣线菊照着木棉花的样子，继续每天修炼不止，又修了五百年，家族里又诞生了许多有经济价值的新品种，她们既能开出美丽的开花，又能结出香甜的果子。不久，这些品种成为著名的水果和重要经济作物，在各地农田得到普遍栽培和种植。人们把这些果子叫作苹果、沙果、海棠、梨、桃、李、杏、梅、樱桃、枇杷、山楂、树莓等等。

木棉憎恨了！

（四）修成满身刺甲

木棉造出一个谣言："现如今，绣线菊是天底下最优秀的花木，用她的花枝送情人，必终成眷属；插在家里，能让人长生不老。"此言一出，人们纷纷前来剪取花枝，使得绣线菊家族的成员们常年光秃秃的。

木棉怕绣线菊家族报复，早早做好了"战争"准备。她组建了一支军队，所有年轻小木棉都得当兵服役，还给每个士兵满身装上了锐利武器——圆锥状刺瘤，让人看了毛骨悚然。

此时的绣线姑娘们已经历经磨难，她们越战越勇，如法应对。每天带领家族成员模仿木棉的刺瘤，继续修炼不止，又是五百年过去了，绣线菊家族一些成员也满身披上了刺甲，锋利如针，人们看见毛骨悚然。谁要来犯，准被刺得鲜血淋淋。形成了强大的威慑力，花枝恢复了往日的活力和俏艳。

木棉愤怒了！

（五）取胜"抗寒大赛"

木棉下定一个决心，灭了九方大花园的绣线菊家族成员！一年冬季，百花仙子预测，一场千年未有的寒潮即将到来，九方大花园将成为冰天雪地。木棉琢磨："将绣线菊家族冻死！她们不过是我们南粤的杂草，又细又嫩，还不一冻就死啊！"

但木棉还是没十足把握，便招来一群飞鸟专家，组成专家委员会，专门论证绣线菊的抗寒能力。专家们飞往南粤各地经过一番深入调研，采集了大量数据。一天，在木棉树上"叽叽喳喳"地召开专家会。一名飞鸟专家首先提出了一个"H 理论"，根据这个理论，大家经过一系列"科学测算"，得出一结论："花木的抗寒能力主要取决于其枝干的粗细，绣线菊家族枝干细小，比木棉的抗寒能力低 5.12 倍。"

木棉决定在九方大花园发起一场"抗寒大赛"。她要百花仙子请求太阳神，比赛那几天减少阳光照射，帮助营造一个寒冷的比赛环境。百花仙子劝阻，说："木棉姑娘，还是算了吧，你赢不了的。我给你讲讲绣线菊家族姑娘们生活习性和家族史……""我不想知道，我不听！我不听！"木棉很自信地回答，"大不了我跟她们同归于尽，岂能让这绣线杂草赢了？""那你们就赛吧！"百花仙子同意了。

木棉接连三天三夜祈求雪神："让暴风雪来得猛烈些！再猛烈些！"

这时，绣线菊家族姑娘们看出了木棉的险恶用心，但出于善心，不想见到木棉被冻死，还是对木棉喊话："抗御冰雪乃本姑娘长项，奉劝姐姐别伤害了自己身子！"绣线菊用的是江南方言，那木棉没听懂，也压根儿不想听懂。

那天，寒潮如期来临，木棉发起比赛。九方大花园风雪交加，气温骤降，直达冰点。那木棉花不过一日，繁花落尽；而绣线菊家族成员们依然挺秀。木棉感到奇怪，问百花仙子："绣线小草乃江南小女，怎能承受北国寒冷？""哈哈哈！绣线菊家族祖辈可是北国抗寒勇士啊，天生不畏强寒，你不甚了解吧？""哦，我怎么不知道啊！"木棉傻眼了。冰雪持续三日，绣线姑娘花瓣略损，寒流过去，暖阳高照，依然含苞吐萼，枝俏叶绿。而木棉冻得皮伤枝残，光枝裸树，大伤元气，迟迟难以复苏。木棉耍赖了，她说："此次比赛众花伤者无数，就不排名次、不论胜负了吧。"

百花仙子看到木棉姑娘的惨状，既气愤又心疼。出于爱护，她将木棉教训一通，要求木棉好好修炼吸收绣线菊家族那种喜寒抗冻的体内真气，做她们那样抗寒又耐热的优秀花木，还说："你别总是小看绣线菊家族姑娘们。如今，她中有你长，你中无她长，她必胜于你。此乃万物争强竞优之法则也！"木棉听了还是很不耐烦："我不，我不！我乃南粤英雄，岂能吸收此种劣等杂草体内之气？"

（六）荣归江南故里

绣线菊家族姑娘们包容、坚韧、自信的精神及其修炼成就，深深感动了百花仙子。百花仙子为奖赏绣线菊家族，在她们的家乡江南腹地专门修建了一个"江南蔷薇大花园"，把九方大花园所有蔷薇科的花卉各选其一移栽至此，集中展示绣线姑娘的历史功绩和其家族的美丽风采。

此时，当年留在这里的那株绣线菊，历经风霜依然如故，年复一年开着娇小的花朵。看到小妹的大家族如此兴旺发达，她兴高采烈，感慨万千。被栽种到她身旁的一棵绚丽高大的蔷薇作为家族代表，与这位同宗祖奶奶亲热攀谈起来。相互称道一番，又都说自己过得没有对方好。

蔷薇讲述了她们许多代在外的经历，说她们的发达离不开一位叫"木棉"老大姐。祖奶奶接过话茬："那木棉是谁，长成啥样，她是一位大恩人哪……"蔷薇点了下头，又连连摇头，眼泪汪汪，说："嗨！一言难尽哪……"

怪鸟猫头鹰

猫头鹰是一种益鸟，他吃鼠除害。可为什么过去人们憎恶他，称他为"怪鸟""不祥之鸟"，说"猫头鹰一叫就要死人"，我一直很纳闷。

后来，我听到一个传说。说猫头鹰的祖先是由一只漂亮多情的母猫变身而来的。从前，一户农家养的一只母猫，长着一身琥珀色的绒毛，竖立着一双警觉的耳朵，蔚蓝的大眼睛溜圆溜圆的，像是两颗绿宝石，神气极了，人称"美人猫"。

美人猫是个情种，很不安分。她一年生两胎，有好几只小猫，可又不喜欢孩子，经常遗弃和咬死小猫。她很羡慕鸡：鸡下蛋，没有多少痛苦，下蛋之后孵不孵小鸡由自己。

一天，美人猫做了个梦，梦见猫如果想要变成其他动物，只要许个愿，在火里燃烧掉身上的毛即可。

这天，正好赶上村里的人们燃篝火，美人猫下定了变身的决心。她心里不停地许着愿："我要变成鸡，下蛋不下崽……"，咬紧牙关冲进火堆打了一个滚，又赶紧跳进池塘水里打了一个滚，身上琥珀色的绒毛没了，伤痕累累，但她心里愉快。不久，美人猫除了头部还像猫，全身长出了羽毛，真变得有点像鸡了，而且下出蛋来了，再也不会生小猫了。到了孵化期，他怕孵出小鸡，宁愿整天抱着鹅卵石待着，而不愿孵鸡蛋，可把大家笑坏了。

"啊——"美人猫长叹一口气，"真是脑筋一变天地宽哪！"她感觉自由极啦！

没过几年，"美人猫"又羡慕鸭子，心想："鸭子可以自由地在池塘里捕吃鱼虾。鱼虾可是我的最爱，可我常常只能偷着吃，憋屈死了。"她下决心变身为鸭子。鸭子们得知此事，前来谈判，说："你要变身下水，每天捕食鱼虾的数量不得超过我们。"那猫欣然答应。

美人猫又用上回的方法做了一次焚毛变身。不久，长成了鸭子模样，双脚变成了扇子形状，可以下池塘划水了。她疯狂地捕吃鱼虾，大鱼小鱼都吃，每天吃得肚子鼓鼓的。几乎成了"鸭子王"，为了抢食，常常在池塘兴风作浪，吓得鸭子都不敢下水。没多久，塘内的鱼虾被吃尽了，鸭子没有了食物来源，村民们也无鱼虾可捕了。人们议论，这猫乱了伦理，坏了规矩，于是联合鸭子阻止美人猫下池塘。

美人猫认为自己的神圣自由受到了粗暴干涉，感到郁闷，怀恨在心，扬言要报复！她决定变身老鹰，做天下第一猛禽，吃掉鸭子，叫人类不得安宁，还要吃天上的飞鸟。

美人猫还用那方法做了第三次变身。不久，她长出了与老鹰一样强健的翅膀，可以飞了，还变成了鹰钩嘴，叫起来怪声怪气，似鹰非鹰，似猫非猫！

村民们愤怒了，决定要把这只恶猫永远驱出村寨。有一位智者编了个故事，说"猫头鹰一叫就要死人"，于是只要猫头鹰一进村，所有的人纷纷出来驱赶。

㊃
万事如镜省吾身

忘钥匙

有一个"酒徒"，经常喝酒误事。这天他又喝了大酒，到家一摸上下衣兜，"哟，今儿个钥匙忘家里了！"便喝令陪送他回来的哥们把门撬开，弟兄们你望着我，我望着你，总觉得"砸别人家的门不太合适吧"，劝酒徒"再找找，再找找！"

那酒徒恼了！只见他退却几步，怒目弓腰，一个跃身猛然冲上前去，再一个急侧身，用屁股冲着户门顶撞过去"哗"地门开了，可酒徒"哎哟"一声瘫倒在地。只见他撸下裤腰，屁股一侧血肉模糊一个坑，原来钥匙放在了后屁股兜里。

酒徒掏出钥匙串，"噌"的一声甩到地上，"去你的！"爬起来后使劲将钥匙踩了几脚，露出了一脸很解气的样子。

社会公德留心间

扔进大海的一个字

（一）

在遥远的古代，一个部落的人们造了两个字："厶""公"。"厶"字用来表示各人的利益；"公"字会意于成婚之后，分厶为二人共有，用来表示两人以上的共有利益。

天帝说："很好。"但他又帮助造了第三个字："奸"字，说："此字用来表示通过损害他人利益来实现自己的利益。"随后，连同"厶"字、"公"字分别刻于三块龙骨，打成一个小小的"三字包"，并一式多份，投放于华夏大地，提供人类表达思想时分辨是非善恶。

天帝昭告：此三字分别代表了人类对利益占有的三种方式，其中"厶"为正当，"公"为神圣，"奸"为邪恶。

随着三个字的广泛应用，人间慢慢有了清晰的是非、善恶和荣辱观念，纷纷将那些作奸行恶的人和事骂作奸商、奸细、奸臣、奸诈、奸计等等，奸人们被吓得慌了神，心里怦怦乱跳。

此时，天帝分工阎罗王将屡屡作奸犯科之人抓归阴曹地府。天帝还施了一个法术，让那奸人心跳的声音传到阎罗王耳朵里，像是打雷似的巨响。所以，阎王对奸人奸事很好辨认，总是一捉一个准。阎王整日整夜奔走于四面八方捉拿奸人。渐渐地，天下变得公正、文明、有序。人们纷纷赞赏，天帝扶正祛邪，造福人类！

（二）

可是，许多年之后，天帝注意到，在遥远的东海上还有一个小岛，奸人奸事十分猖獗。天帝召见阎罗王，责问："你为何听任不管？""我，我，我……"阎王支支吾吾，茫然不知所措，"禀报圣上，那岛上从未传来人们怦怦心跳的声音，我以为那里没有奸事发生了。"这怎么回事？天帝派人调查，原来个中还有故事。

那是当年天帝投放"三字包"，其中一个落到了这个孤岛上。捡到三字包的是岛上的头人，姓"西门"，人称"西门头人"。此人与《金瓶梅》里的西门庆不仅一个姓氏，而且一个德行。谁知，那西门头人就是岛上的第一淫人和恶霸，他打开三个字包，眼瞅着那"奸"字，思绪半晌。"糟糕！这字对我自己大大不利！"于是他把"奸"字扔进了大海，还剩下"厶"和"公"被推广于岛民中。

"奸"字一丢，麻烦来了！岛民们不自觉把"奸"的含义归入了"厶"之中，"奸""厶"不分。厶作奸用，邪则成正，人们变得毫无是非廉耻。岛上流传一句顺口溜："人皆自私比谁强，仁义道德都是装。"西门头人等一帮狗男女荒淫无度、巧取豪夺，穷奸极恶，奸同鬼蜮，反在岛上成了正义的化身，被称为英雄好汉。全岛黑恶势力泛滥成灾。

天帝了解此事，怒了！即令东海龙王掀起一场海啸，将小岛淹没在大海深处，并用一个巨浪将岛上善良民众推上大陆。

五 社会公德留心间

（三）

　　然而，来到大陆的岛民从来不知道有一个"奸"字，厶奸不分的观念像瘟疫一样传播了开来，殃及了整个华夏。从此，"厶"字就有了两层含义；一是正当的个人利益；二是损人利益，侵犯他人。此时，"厶"的写法也演变成了"私"。

　　天帝很是不快，说："'私'字用法有悖天道。私心与生俱来，奸心后天所成；私心人皆有之，奸心孤而不群；私心为正，奸心为斜。决不能让那些混奸为私，以私之名行奸之事者堂而皇之横行天下！"他给阎罗王增加了两个编制，一个叫"黑白无常"，一个叫"牛头马面"，作为阎王的左膀右臂，交代说："你就使劲地抓吧，对那些奸人要除恶务尽，决不能姑息养奸！"

天上落石头

清早，孩子不愿上幼儿园。爸爸对他说："昨天夜里，天上落下许多石头，砸中了你们幼儿园的玩具，咱快去看看。"孩子一路小跑跟着去了。

进了幼儿园，"石头呢？"孩子问。

爸爸指着跷跷板上的沙土，"这不是？"原来昨晚刮了一夜沙尘暴。

孩子摇晃着脑袋连连说："这不是石头，这不是石头！"爸爸用食指尖粘了点沙土，说："怎么不是？这是细石头！"

你知道，这位爸爸是做什么工作的？他是"标题党党首"和虚假广告商。

这不是石头，是沙子。

沙子就是细石头啊！

标题党党首

自作自受

　　大山里有一个村庄，开了一个砖窑。

　　有一年，新村长兼厂长上任了。上任后，他嫌一级砖烧制成本高，不好卖，统统改成了烧制二级砖、三级砖，大幅降价销售。由于火候不到，有的砖心还是泥。用户说："虽然质量差点，但价格便宜啊！"因此销量迅速增大。

　　他当厂长十年，砖厂生意如日中天，盈利逐年上涨，村民都说他是个"能人"。

　　没想到，就在这年夏天，山洪暴发，整个村庄一夜之间被淹。方圆好多里成了一个大湖，只有那星星点点的住宅露于水面。原来，因为多年烧砖取土，周边所有的土地都被挖低了。

　　"能人"村长兼厂长为了推脱责任，找到山沟下游一家化工厂，说化工厂的建筑垃圾堆满了山沟，挡住了山洪的去路。他状告到法院，化工厂的代表在法庭上陈述："你不告我则已，我还正想告你呢！正是你们砖厂当年把劣质砖卖给我们建造烟囱，几个大烟囱不到使用年限，就在最近的一场山洪中突然倒塌，堵住了大水的去路……"

　　"能人"支支吾吾，无言以对。法官说："你这是自作自受。"

换锁

古时候，江南腹地，国王建了一个粮仓。因年久失修，又逢战乱，仓门破裂，库墙坍塌，库粮屡屡失窃。周边村民家家户户、老老少少来库区"拾粮"成风。

国王下令问斩，县令处决了两名大盗和三名粮官，下拨银两将粮仓整修一新，并给每扇仓门做上绳锁（利用绳子把门牢牢捆缚，最后在开启处打上一个很难找到头绪解开的特殊绳结，这是最早的锁具）。

村民颇受震动，都躲粮仓远远的，出行宁愿绕着走，生怕遭来嫌疑。可个别盗贼并不收手，他们用刀子割断绳子偷粮。

粮官怕上面问罪，没敢吱声。过了几年，把门上绳锁统统换成木锁。还是不奏效，盗贼用锯子把木锁锯断偷粮，锯的时候用棉衣裹住木锁，以防出声。

屡锁屡失，粮官依旧不敢声张。又过了几年，他们把门上木锁都换成了铜锁。不料，依然不灵，盗贼私造钥匙开门偷粮。

粮官们黔驴技穷，一起商量。有人道："还有什么好锁啊？"主粮官说："看来，锁君子，不锁小人啊！"诸官顿悟："所言极是，再好的锁，只要村上有人想偷总有办法打开。"

无奈之下，粮官向所在地县衙禀报实情，县衙大张旗鼓传扬礼义廉耻，奖赏村民相互监督，小人再无立足之地，从此粮仓安然无恙。

狐狸的"真善美"

从前有一个猫咪国，还有一个狐狸国，都在大山里头。狐狸狡诈鬼祟，形象不雅，而猫咪生性善良可爱。人有食物喜欢喂猫咪而不喂狐狸。

狐狸嫉恨。狐狸国国王召开研讨会，商量如何把自己变得善良可爱。有老狐狸说："实话讲，我们狐狸本来又假、又恶、又丑，地球人都知道。要硬把自己变成真善美，

> 狐说为真,狡猾为善,尾长为美。

恐怕做不到。"会上决定采取一个另辟蹊径的办法：从教唆小猫咪开始，让猫咪变得和狐狸一样。狐狸们都说："人们有食不喂我们狐狸，也不让他们喂猫咪。"

于是，狐狸国国王请老狐狸创立出一套理论："狐说为真，狡猾为善，尾长为美。"还借用世界著名狐狸之名，冠此理论一个颇具权威色彩名字："列那狐理论"。

狐狸国国王动员广大狐狸带上许许多多的鱼虾，每天到猫咪国偷喂小猫咪，边喂边灌输"列那狐理论"，还专门举办讲习班。小猫咪天天背诵"狐说为真；狡猾为善；尾长为美"，做到了烂熟于心。

猫咪国国王带领老猫咪大声疾呼："符合事实叫'真'；好心待人叫'善'；看了舒心愉快叫'美'。"小猫咪很不理会，都说："不信你的，没听说过。"

时间一长，猫咪国被狐狸国同化，再也没人喂猫了。

501 篇小说

有一个人 20 岁开始写小说，写了 15 年，一共写了 500 篇，从没发表过。投出去的稿件，要么原样退回了，要么石沉大海了。写作写得工作也没找，媳妇也没有娶，35 岁了，一事无成。别人戏称他"文章先生"。家里父母唠叨，自己精神压力大，折磨出了抑郁症。

当他的第 501 篇稿子投到杂志社的时候，凑巧遇到一名大作家的赏识，承蒙其推举得以发表，并得了大奖。

文章先生一举成名。怪了！从此他的稿件，投一篇发表一篇，投一篇发表一篇，百发百中，没有落空过。又过了五年，文章先生四十不惑，他清点了一下，发表小说达到 501 篇。此时，他已经成了著名作家，也有了自己的小家。

父母高兴，为他过生日，端起酒杯夸奖："儿子啊，这五年你用功得当，写作进步可是不小……"

但文章先生还是皱着眉头，说："爸、妈，您二老可不晓得，自从我得了抑郁症，这五年来没有写过一篇小说，也写不成小说啦。所发表的，全是之前投稿没有发表的，重新又投寄了一遍。"

父母连说："不会吧？"

"什么不会，是真的。"儿子说。

阳光道上的尿便处

某南方小镇，一条长街，宽敞的马路，两边人行道红色地砖铺就，洋楼、别墅光鲜亮丽。站在西头，能观赏太阳冉冉升出地平线；站在东头，可眺望太阳渐渐落进山冈里。于是，大家把这长街叫作"阳光大道"。

人们行走在干净、整洁、优美的阳光大道上，感觉自己高大了许多，也增加了几分自尊。连背书包的儿童，也会自觉捡起不小心落地的那一丁点果皮。

可是，就在这阳光大道上，前段时间传出一则不雅笑话，说是经常有人路过这街上的一处地方，禁不住会尿裤子。你说奇怪不奇怪！

有人说，这是因为长街刚刚建成，还来不及修厕所，路人憋不住了。那为什么这么长的大街，偏偏走到这处地方才憋不住呢？

原来事情是这样的：

阳光大道建成后，中间还有一小段尚未开发。那里，留着几间小瓦房，住着一户农家，门前杂草丛生，掩过门窗；垃圾满地，蚊蝇出没。这里成了藏污纳垢之地。路人尿急，找不到地方解决，就把此处当成了天然茅厕。一些人老远把尿憋到这里来撒，把手中的废弃物捏到这里来扔。特别到了晚间，这里尿便横流，臭气熏天！农户懊恼极了，门前立起一块大大的木牌："此处禁止大小便"。然而，此举不仅没有起到警示作用，反而让更多的人知晓了此处的"功用"，便溺者日趋增多。

农户纳闷："为何这么长的大街，非把尿撒到我家门前来？"他终于悟出了道理，拔掉了警示牌，铲除了门前杂草、垃圾，只留两棵桂花树，左边栽上一片郁金香，右侧摆放一张圆石桌、四把休闲椅。一夜之间，这里面貌一新，成了别有风韵的小景观。

打那以后，路人每当急冲冲双手解着裤腰带来到这里，一个个都傻了眼，不好意思破坏美景，只好带着一副苦脸离去，于是才有人把尿便撒在了裤裆里。

乌龙赴约

街头熙熙攘攘的人群中，一位打扮入时的美女，挺着腰板、穿着高跟鞋"吧嗒、吧嗒"地走过。

一个小伙子匆匆从后面赶了上来，刚要超越过去，听到那姑娘问了声："你贵姓？"调门还不低。

小伙回头一看，那姑娘一脸笑颜，但不认识，"噢，我——我姓陆。"小伙下意识回应，但声音很低，怕姑娘不是跟他说话，连多瞅一眼对方都不敢。陆小伙放慢了脚步，跟姑娘并排走着，心里七上八下，心想："姑娘要真有事找我，先走了也不礼貌啊。"

接着，姑娘大声说："其实，我早就见过你，你挺优秀的，我对你挺有好感的！"

陆小伙是个"大龄剩男"，现年34岁。一听这话，像触电似的，从头麻到了脚，觉得天上掉下了个林妹妹。

"是吗，呵呵！"小伙子朝姑娘瞟了一眼，有点不好意思地轻声作答。

姑娘又说："现在我有急事，不跟你多说了。今天晚上6点半，咱们天缘酒家见面再聊！"

"好的，回见，那我先走了！"陆小伙朝前走了去。

晚上6点半，天缘酒家，陆小伙如约而至。不料！那姑娘已经与另外一位帅哥甜蜜地喝上了。陆小伙上去一问，姑娘说："你谁啊？我没有约你来啊！"那帅哥也起了疑心。

三人一对，原来，白天马路上那姑娘是在与这位帅哥通电话呢，她俩是经人介绍头一次约会。白天马路上陆小伙没有注意到姑娘长发下、耳朵里的蓝牙耳机，误以为姑娘是在与自己说话呢，自作多情了!

　　姑娘连忙道歉，帅哥插话："确实，公共场合不是家里，打电话得小声点。"

砸锅

有一个人性子特别急，大家叫他"急性子"，有多急呢？我讲个他砸锅的故事。

一次，急性子一边炒股，一边炒菜，一心做二事。他一会儿坐在沙发上刷刷手机，一会儿跑到灶台旁看看锅。

他要炒第三个菜时，先涮了一下锅，"啪嚓"一下打开了燃气灶，开始起油锅。第一步，先等着把锅烧干，好倒油进去。这才需要多大一会儿，可急性子却觉得很漫长、很漫长，等不及了！

因为，此时他正在紧盯他持有的一只股票，这股票近来暴跌，"急性子"已经由盈转亏了，心疼得要命。今日一开市他就开着手机，心想跌到市价 55.03 元无论如何就卖，不能亏大了。

他两眼直溜溜看着锅里：开始，冒热气了；接着，锅壁一片一片变干；然后，锅底还剩鸡蛋大三片水迹。等到此时，他再也耐不住了，急得直跺脚！"怎么这么慢！可别让股票跌破我的警戒线。"他很想去沙发上瞧一眼股票，但又放心不下这火上的锅。

似乎等了好久、好久，终于还剩三颗水珠在锅底活蹦乱跳时，他凭最后的耐心等到了两颗干去。糟糕的是，剩下的那颗水珠子特别大，不停地在锅底滚来滚去……

急性子终于按捺不住了，"去你的！"他高高扬起锅铲朝那生铁锅砸了下去，只见火星四溅，砸出一个大缺口。好在那是锅不是人，要不事情就闹大了！

回头一看，果然，那只股票也"砸锅"了！就在几秒钟之前，跌了一条垂直"眼泪线"，一下亏掉他8000元！

悟空被压五行山之细节

《西游记》里有个故事：孙悟空大闹天宫之后，如来佛祖"化掌为峰"，一巴掌把悟空拍在了五行山下，足足压了五百年。许多人问："为什么没有拍死呢？"民间还有一个版本的传说：如来用巴掌把悟空压在山下的过程没那么简单，还有许多细节。

说是如来接到玉帝传旨之后，开始思量好一阵："如果直接一巴掌拍在山底下，那猴子十有八九被拍死，这有悖佛家戒律啊。"

于是，如来抓了一把火山泥、火山灰，还捡了些海螺、贝壳之类，搅和成泥团，然后放在手掌里往地上一拍，立马起来一座山。那山上到处是密密麻麻的山缝和洞穴，像是个巨大的马蜂窝。

然后如来又用手掌盛了些海水，伸展着轻轻一摆，山的周围成了浩瀚无边的大海，悟空就在大海里扑腾。悟空一个筋斗，跳出大海，如来又如法拍出一座山。连连几个回合，如来终于把悟空泡在大海里。

悟空不再折腾了，只得继续不停地在大海里扑腾着、扑腾着……

此时，只见如来拍成的五行山，随着潮汐和海浪的起落，将海水"哗哗哗"吸进，又"呼呼呼"吐出，那声音惊天动地，整座山沸腾着。孙猴子一看，要是上去了，也

五

社会公德留心间

没有立足之地，而泡在海里，倒是要安全一些。

此时，如来差人站在山顶上用神喇叭一遍又一遍地呼喊，"山里有风险，上山需谨慎""自愿上山，责任自负"。

悟空掂量再三："老在这咸海水里泡着也不是长久之计，上山也许还有一线生的希望。"于是他向着五行山扑腾了过去，刚漂流到山脚下，一个巨浪把他涌进了一条细窄的山缝，随后海水即刻退去，大海不见了，悟空就这样被紧紧地卡在了里面，一卡就是五百年。

万事如镜

六

生活妙趣开心颜

女娲除祸

传说，女娲造人的时候，还创造了一件东西，名字叫"福"。"福"是一个大圆球，金光灿灿，能保佑人人平安快乐、长命百岁。

天魔得知此事，心生嫉恨，也给人类送来一件东西，名字叫"祸"。"祸"也是一个大圆球，乌漆墨黑，成天在大地上"轰——轰——轰"飞滚，所到之处，物存不过一年，人活不过十岁。

女娲很是生气，奋力从山崖上推下一块大石头，把"祸"球砸得稀碎，使新生的人类免遭一场灭顶之灾。

"嗷——"天魔狂吼一声出手报复，举起魔棍也将"福"球砸得粉碎。

女娲细想片刻："他把'福'打碎不要紧，人类还可以慢慢地享受；可被我打碎的'祸'，洒落大地，四处飘散，'大祸'虽然变成了'小祸'，但还是在危害人类。怎么办？"

女娲立马把碎"祸"一点点捡起来，装在一只密封的神箱内，准备深藏起来。不料，天魔发现了，从天上连射几箭，把神箱射出许多小洞。不管藏到哪里，箱子里面的"小祸"都难免一点点往外泄漏，随风飞散，许多人时不时身体被砸一下，病了；房子被砸一下，塌了；五谷被砸一下，烂了……

女娲一看还不行，"这样砸下去，人类还是没法生存啊！"她观察到，"小祸"这个东西，不仅有颜色，还有特别的气味等特征，向人飞来的时候还会发出"唰唰唰"微弱的响声，比较容易辨别。

于是，女娲用了一个妙招：让每人吞下一颗神药，名叫"记性"，一个晶莹剔透的小丸。随后，女娲开办了一个修炼班，每天清晨在她造人水塘边开课，教给人们一种修炼术：每当遭遇一次"小祸"，就用三天三夜时间，闭目思悟"小祸"来临时给人的那种感觉，这样"记性"就会牢牢长在体内。人相当于安了"预警雷达"，"小祸"在百里之外飞来的时候，就能感觉到蛛丝马迹，赶紧躲避或抵御。

几天后，天魔发现了，恼羞成怒，带着一批魔鬼气势汹汹赶来，企图驱散修炼班。没想到，天魔中了女娲的圈套：此时，火红的太阳从东方冉冉升起，魔鬼们瞬间化作了一摊污水。

女娲继续带领人们苦苦修炼，把当时所有人培训了一遍。女娲嘱咐大家："好好修炼吧！人有旦夕祸福，若要避祸求福，全看你们自己长不长'记性'了。"

后悔药

村里有个小男孩，玩游戏成瘾。母亲劝他努力学习，说："孩子啊，少壮不努力，老大徒伤悲，将来考不上大学你怎么办哪？世上可没有'后悔药'啊！"

孩子也听进去了，几次下决心想戒掉网瘾。

一次他发现，村上有个药店，经常有大人来到店里，说"买盒后悔药！"交钱后就拿着走了。小男孩发现之后，心想："我妈说世上没有'后悔药'，那是假的。我要是将来考不上大学，就来这里买后悔药呗！"

孩子网瘾越来越大，白天黑夜地玩游戏，隔三岔五不去上学。父母发火了，孩子说："你们别管，我有办法！"

几年之后，孩子真的没有考上大学。他来到那小药店，"阿姨，买盒后悔药！"那阿姨说："你年龄太小，不能卖给你。"

之后，药店阿姨悄悄告诉了孩子母亲，说："你家孩子都买'后悔药'啦……"父母找孩子谈："你老实说，你跟哪家丫头谈朋友啦？"

事情说明白之后，孩子才知道，原来那店里的"后悔药"是避孕药。

孩子追悔莫及，再努力也来不及了。

石榴树的困惑

有两棵会说话的石榴树，生长在潮湿背阴处，树株低矮，花果稀小，病恹恹的，他俩盼望哪天能改变一下生长环境。

终于有一日，他俩被一个生意人移植到了自家屋前，栽于大门两侧，一棵"东石榴"、一棵"西石榴"，没几年就长成了花红如炬、硕果累累的大树，过着无忧无虑的日子。进进出出来谈生意的客人时常驻足树下，赞美他们。

好日子过久了，两棵石榴树心态变了，常常为一些事情困惑，讨论许多莫名其妙的话题。

一次，西石榴问东石榴："老哥，你说，我们石榴树为什么要长果实？""繁衍后代啊！"东石榴作答。"那为什么要繁衍后代？"西石榴追问。"为了以后回报，享福呀！"东石榴又答。"你算了吧，那后代去哪儿了都不知道。长这么大果子，一点好处都没有，沉甸甸的，整天压得我们直不起腰，也长不高。你看人家杨树，也没见他们结出什么果子，个头还长这么高大，多帅气啊！"西石榴说完很是丧气。"唉，老弟啊，你今天怎么提这样的问题呢？"东石榴没法回答下去了。

这时，一只停在树上的小鸟搭腔了："哈哈！这个没有为什么，你们石榴树就这样！"

又有一次，西石榴问："老哥，我们为什么要给人们带来阴凉，遮风挡雨？""这是我们应有的报答，主人养育了我们啊，没有主人哪有我们今天啊？"东石榴作答。"你说得不全对。你看，主人就把我们挖来往这里一栽，后来我们一直靠天生长，凭什么每年要给他奉献这么多。再说啦，还有好多来乘凉、观赏的人，也根本没有给过我们什么好处啊。我越想越觉得吃亏，我们还不如变成夏枯草呢！"西石榴说完很郁闷。"啊呀，老弟，想这么多为什么，你累不累啊？你最近怎么啦？"东石榴又回答不了。

旁边又有一只小鸟插话了："哈哈！哪来那么多为什么，如果不这样，你们就不是石榴树啦！"

还有一次，西石榴问："做树真没意思，每天吸入二氧化碳，又呼出新鲜氧气；汲取水分又蒸发在空中，最后死掉。还有，每当风来了，我们摇摆来，还得摇摆去。这是为什么呀？谁给回报？我们还不如门口那石狮子，啥也不吃，一动不动，永远就这样。""啊呀，老弟啊，你又来了，我回答不了你的问题了，你别自寻烦恼啦！"东石榴有点急了。

说话间树上又有一只小鸟劝道："啊呀！别再问为什么啦，这是你们石榴树的天性和本能！"

渐渐地，西石榴心结不解，闷闷不乐，日趋凋零，落满了一地枯枝败叶。主人说："这树看样子不行了，哪天砍了吧！"

一只常来树上的啄木鸟看出了西石榴得了心病，说："主人先别急，西石榴大爷像是得病了，我来瞧瞧。"啄木鸟朝西石榴上上下下打量一番，好心地撒了个谎："啊呀！

万事如镜

118

大爷你身上长虫子啦，我帮你啄一啄。"啄木鸟装模作样地在树上"吃"了一阵虫子，问："好点没有？"西石榴说："嗯，舒服多了！"

啄木鸟飞走时交代："大爷，您这病要常治，以后每到初一我会来帮你捉虫子。初一不来，十五之前一定来；我要不来，会派其他鸟儿来。"

嘿！啄木鸟分明又耍了一个善意的滑头，哪有树上半个月不来一只鸟儿的！

此后，西石榴果然感觉鸟儿月月如"约"而至，每天都快乐地生活在对"初一"的希望之中，不再有那么多"为什么"了，很快恢复了以往的生机。

再后来，那啄木鸟又一次来到，朝着东石榴打量一番："哟！大爷，其实您也快病啦，改日我也来帮您啄啄虫子吧！"

开裆裤

　　有家裁缝店，生意不景气，老板抓耳挠腮，"啊呀！得想想招。"绞尽脑汁琢磨了几个月，终于改成了做时装卖。

　　一天，一位人称"马大哈"的年轻人来店，看见模特架上有条宽松肥大的裤子，感觉挺时髦，特别喜欢。但价格昂贵，不二价3518元，小伙子一咬牙买下了。老板说："你得把裤子的说明看好了，不可退换，但可付费改衣。"那"说明"密密麻麻三大张纸，上面还都是些缝纫的专业术语，小伙子瞄了一眼，就说："行！行！行！"

小伙兴致勃勃回到家，一穿发现，那是一条开裆裤，"这要穿出去，不有伤大雅嘛！"他拔腿回到店里交涉。老板说："时装，就这样！""太奇葩了吧！"小伙子执意要退货，老板不许，说："按'说明'你可以追加服务，改衣！"

"那你给我缝上。"老板说："再花4518元。""唔——这么贵，比买条新的还贵！"小伙子诧异。老板说："改衣可不是把裤裆缝上那么简单，要换布、要拆线……"

小伙子犯难了，犹豫不定，心想："这年头穿衣服，别的地儿都可以露，唯独这地方没有露着的。"又举着裤子端详好一阵，这裤子自己还改不了，起码没有同样的布，"4518"不花真还不行，否则裤子就得扔掉了。

无奈，他又付了4518元，裤子改好后提着走了，边走边嘟嘟嚷嚷："你这是挖坑！挖坑！"

懒猴练臂

　　深山里一群猴子，酷爱采食树上果子。他们伸展着长长的猴臂，像荡秋千似的从这树荡到那树，荡过来，荡过去，攀枝摘果，每天过着欢快自在的生活。

　　后来，进山的人越来越多，人们喜欢喂猴，猴子慢慢学会了享清福，自己不再采摘果子了。人们把这群猴子叫"懒猴"。

　　懒猴一代接一代，久而久之，他们的前臂变得越来越短，跑得也慢了，经常遭别的动物捕食。懒猴们忧心忡忡，说："我们这样下去不行啊！"于是为首的想了一个办法，找到几棵不长果子的大树，每只猴子分得一根树枝，天天挂在上面练臂。树枝不够用了，懒猴们还轮换着练。远远望去，那大树上像是晾满了各色衣衫，飘飘忽忽，蔚为壮观。

山里的主人每天摘果喂猴忙不过来了，说："猴子们，咱家门前那几棵树上的桃子熟了，你们自己摘下来吃吧！你们上树爬得也快，举手之劳的事情。"懒猴们说："我们要练臂，没时间，再不抓紧练就跑不动路啦！"

人们纳闷，"懒猴为什么要这样做呢？"有的说："可能是好玩呗！"也有的说："不见得，老一个地方，重复一个动作，有什么好玩的！"还有的说："那样不用动脑筋，动作简单！"

懒猴练臂收效甚微，后来变得四肢等长，体型短小，寿命只活到普通猴子平均年龄的一半，成了低等猴类。

"真正的猫"

有三只怪猫，一只大红色的，一只茄紫色的，一只翠绿色的。他们一天到晚抱怨自己命运不好，说生活在这个世上"春天潮湿，秋天干燥；夏天酷热，冬天寒冷；白天太亮，晚上太黑，没有好时候"。他们仁蛊惑一群又一群的猫咪来找神兽白虎，说："我们等于始终被装在一个套子里，没有一点自由。能不能请天上神仙把我们改造一下，使我们成为超越春夏秋冬、白天黑夜的独立的、纯粹的、真正的猫？"

白虎抓着脑袋寻思半天："超越春夏秋冬、白天黑夜的猫是啥样子的啊？我真想不出来。"他找遍了天庭里的各路神仙，大家都说想不出来。只有那土地神说："我来造一间'隔世神屋'，住在里面看能不能超越春夏秋冬、白天黑夜。"白虎说："好，好！请您试试！"

不久"隔世神屋"造出来了。土地神说："所有猫咪在屋里修炼 365 天，就可以成为没有春夏秋冬、白天黑夜的超级猫了。"

清明节那天，猫咪们闻声纷纷前来求住，屋前挤得水泄不通，"猫"山"猫"海。白虎宣布："今天猫咪开始进屋修炼，咱们一批一批来……"结果赶在最前面的 100 只猫咪如愿入住，他们中就有那三只怪猫。白虎说："恭喜你们！"

其余猫咪迟迟不愿散去。当即排好了准备次年入住的先后次序。

第二年清明节，白虎宣布："今天'隔世神屋'开屋！我们将庆祝第一批超级猫修炼成功，并欢迎第二批 100 只猫咪入屋修炼。"这时，屋前熙熙攘攘，成千上万的猫咪翘首以待。

正午时刻，"隔世神屋"大门"哗"的一声打开，门外 100 只猫咪"呼"地冲进屋去。顿时"喵，喵，喵——"惊呼一片，"啊！100 具白骨！怎么回事？怎么回事？"猫咪们瞬间逃了出来，门外群猫烟消云散。

蚂蚁搬家

在一个高速公路服务区，一辆长途客车与一辆大型货车停靠在一起。客车上爬下来一群红蚂蚁，货车上爬下来一群黑蚂蚁。密密麻麻的蚂蚁，像是一片红云与一片乌云飘移到了一起，彼此间有一种新鲜感，招呼了一声，便相互攀谈了起来。

红蚂蚁说："嗨！这客车像个闷棺材，自从我们上了车都没有见过天，都快憋死啦！最烦的是一天到晚搞什么宣传教育，'不要随意走动，不要把手伸出窗外……'还有，非得到站才能下车，一路风光好美啊，想下车看看都不行……"

黑蚂蚁说："这货车是敞篷的，我们每天风餐露宿。也没个人说说乘车注意事项，我们好多弟兄一不小心爬到高处就被大风刮走了，是死是活也不知道。停靠也没个固定的站点，想下车都是自己随处往下跳，一点安全感都没有……"

蚂蚁们都是自己说自己的，一吐为快，对方说了什么似乎没听见，也不想听。

不一会儿，红黑两群蚂蚁分别爬上了对方原来乘坐的汽车，蚂蚁搬家了！红蚂蚁说："忍受不了啦！我们要到货车上寻找自由。"黑蚂蚁也说："忍受不了啦！我们要到客车上求得安稳。"

漫说职场瞧门道

前花贬后花

窗前种的迎春、月季、紫薇和葵花，旁边还有一棵爬地松，他们经常在一起聊天侃大山。

冰雪未化，迎春开花了。她枝叶细小，但抗寒，早早开花，一枝独秀。称得上是花中"元老"。迎春看见旁边的花木还静静地睡着，很是自豪，迫不及待地想找别个显摆显摆。过了些日子，月季开花了。人们赞美月季"嫩绿中透着粉红的花苞，就像是一位青涩少女的脸蛋"。

"月季小妹啊，你可醒来了！"迎春终于找到搭话对象了，"自打去年秋后你睡过去，我到现在没怎么睡，一直保持这么个状态。你呀，忒不经冻啦。"她指了指旁边的爬地松，"你问松大哥，我俩大雪压枝不弯腰，可显英雄本色啊！"

"是的，是的，我是太怕冷了，您真是大英雄，小妹佩服迎春大姐，向迎春大姐学习致敬！"月季态度谦卑。

爬地松听了心里不舒服，说："月季虽然开花比迎春晚些，但她们鲜艳个大，颜色丰富……"

迎春不干了，立马抢过话题："我的花朵不比月季逊色啊！大地尚未开冻，我傲霜斗雪，缤纷怒放，经雪花一打扮，妖娆极啦，引来一拨又一拨的人观赏。咱这园子里的花啊，真是一茬不如一茬！"

"噗，噗，噗！"爬地松低头喷笑。

（二）

过了些日子，紫薇开花了。人们形容紫薇"明丽碧天霞，丰茸紫绶花""形似一把绣花伞"。

这时，月季花摆起老资格。"紫薇小妹，你可醒来了，都快入夏啦！你啊，忒不经冻啦。我早就醒来了，我可不怕冷，那时候天上还大雪纷飞，我的花骨朵冻了几天几夜，还是冒着严寒绽放！不信，你请松大哥作证。"

"对！对！对！小辈太怕冷，确实不如月季大姐，您是铁姑娘！向月季大姐学习致敬！"紫薇连连示弱。

爬地松又出来说公道话："月季小妹，你言辞有点不实。紫薇开花较晚，可长得比你高大一些，花朵连开不败，旺盛期长……"

"我看未必，"月季听了不高兴，"紫薇小妹啊，你自己可没看到，你冬天里睡着那样子，太难看了，骨瘦如柴，像是剔除了皮肉的光骨头。你不要以为你们个头比我高，我们家族里的一位大哥，名字叫蔷薇，你看见过吗，那可是仪表堂堂，你的个头，可不好比。你这个头不算啥！咱这园子里的花，真是一茬不如一茬。"

"嘿，嘿，嘿！"爬地松耸肩冷笑。

（三）

过了些日子，葵花开了。人们称赞葵花"叶如蒲扇，花若金盘"。

此时，紫薇当上了大哥，说话牛哄哄了。"葵花小妹啦，你才开花啊，我是这里的老帅！冬天你在哪儿呢？怎么我们花园里好久不见你？据说冬天里你都被冻死了，只剩下一颗籽，到人家屋里避寒去啦？这都什么时候啦！你还喜欢晒太阳，太阳走到哪里，你那脑袋就转到哪里。你啊，忒不经冻啦！你看我长得瘦吧，可是我很抗寒，我跟爬地松、迎春、月季他们都是抗寒勇士，不，实际我比他们还抗寒，你看，我冬天里不穿衣服（树干看上去没有皮）都活下来，他们都穿得多厚啊！"

"大哥所言极是！小妹不如您，您真是勇士，大元帅！佩服紫薇大姐，向紫薇大姐学习致敬！"葵花哈着腰、点着头。

爬地松忍不住了，直截了当提出批评，"紫小妹你吹牛不上税。葵花夏季开花，来得是晚些，但花朵比你长得大、鲜艳、华丽！"

"不！不！不！"紫薇不服气，"葵花小妹，你这长相也太怪啦，怎么一根杆才长一朵花。有人说你鲜艳，鲜艳什么呀！你只有那一圈花瓣，中间黑秋秋的，都是籽。你看我那花，一长串一长串的，那才叫美。咱这园子里的花，真是一茬不如一茬。"

"哈，哈，哈！"爬地松前摇后摆，捧腹大笑。

打靶

一家珠宝店屡屡失窃，为此专门建了一支新安保队。这天，安保队外出进行实弹射击考核，很快那伙盗贼得知消息，便乘虚而入，前来抢劫。

故事结局如何？先得从安保队这边打靶说起。

出发前，公司规定，打靶不合格者不得续签劳动合同，大家都很重视。队里2号、3号队员号称"神枪手"，他俩很沉着。但其他几个技术不佳，被称为"臭手"，自然慌了神。特别是那队长，以往打靶从来没有合过格过。

打靶开始了，队长宣布："今天打靶很重要，由我亲自报靶；我的靶最后扛回来请你们报。"大家一听，说："公平合理！"

队长是1号队员，他率先"梆梆梆……"十枪打完，便噌噌跑到靶子那边地坑里躲了起来，"准备完毕，你们开始！"他一声令下。

"神枪手"2号队员开射，"梆——"一声，"3环——"，对面传来报靶声；"梆——"又一声，"五环"，对面又传来报靶声。十枪打完，总共43环，不合格。

轮到"神枪手"3号队员，情形与2号相差不多，打了51环，也不合格。

两名"神枪手"都不合格，后面剩下的"臭手"更是紧张起来，都唉声叹气说："我们完蛋了！"

4号队员开射，"梆——"一声，"10环"，对面传来报靶声；又"梆——"一声，"9环"；"梆——"第三声，"10环"……10枪下来，共97环。

此时，大家窃窃私议："这小子很少摸过枪，咋能打出这么好的成绩？"不一会儿，5、6、7号队员缓过神来，茅塞顿开，相互挤眉弄眼。"聪明！聪明！""知道了，知道了，这就好办啦！"

5号，"梆梆梆……"，10枪93环；

6号，又是91环；

7号，89环，也还好。

"臭手"们个个优秀。

最后，队长兴高采烈地扛着"自己"的靶子回来了，大家一数，123环。靶场另有一位"调皮鬼"说："啊呀，还是队长厉害，一枪能戳两个洞！"队长眼珠子一瞪，"别瞎说！"

"神枪手"2号、3号队员一肚子气，但还来不及说话，队长下令了："集合！立正！向右看齐！向前看，向右转，齐步走！"一路上还不停地"一——二——一——！队列里不要说话！"看上去队伍还是很严整的。

不料！队伍回到店里，恰好遇上了抢劫。一阵枪战下来，1、4、5、6、7队员全都丧了命，续签劳动合同的只剩下了2号、3号"神枪手"。

万事如镜

"一"小伙出名

一个毛头小伙子，从电视里看了许多名人大家，羡慕不已，一天到晚想成名。他天马行空，大胆想象，指望哪天一鸣惊人。

小伙原本姓"戴"，叫"戴古窑"。他注意到开会的时候，姓氏笔画最少的坐在最前面，以为最前面的官最大，便突发奇想："好像还没见到过姓'一'的，我来捡个漏吧！"他托关系让派出所把自己的姓改成了"一"。回到家里，小伙蛮有把握地说："以后我家要出大人物了……"

有一次，他去了一趟大城市，发现有的马路以人名命名，比如"中山大道"。他便琢磨，"借路出名，倒是个好办法，孙中山先生都当上了国父！"此时，正好所在村庄要建开发区，村民要拆迁，小伙故意拖到最后一个搬，借机用一块木板写了一块路牌："古窑路"，做旧以后插在村头的一条路上。不久规划人员进来了，出于保护历史文化，果真把这条路及"名字"留了下来，规划成了一条长长的大马路，上了规划图；不久，又被标在了互联网地图里。小伙兴奋极啦！

还有一次，附近村庄地下挖出一件文物，经考证，有一户人家是历史上某著名爱国将领的后裔。这户人家顿时备受大家的器重。小伙又奇思妙想，他弄来一个小瓦罐，编造出他自己的一番"惊天伟业"和"显赫身份"，写在纸

漫说职场瞧门道

上，装于罐中，深埋地下。

没想到三年后，因为建房挖地基，那小瓦罐被挖了出来。随后，路名造假也被揭发。这下，小伙连同改姓之事迅速被传为笑谈。

戴小伙终于出名了！

万事如镜

草鞋里的数学

　　小时候学乘法，书上写着口诀："正正得正，正负得负，负负得正。"我问："为什么？"老师说："你记住就行！"

　　我找了几个同学讨论："为什么是这样？"同学都说："书上规定的呗。""不是，不是，我问的不是这个意思。"我很失望。

　　回家，我问文盲而又聪敏的阿爸。"孩子，你们课本我不懂。但你讲的，是不是这个意思？"阿爸手中编着草鞋说，"咱家编草鞋，一天编一双，过了三天，就是一乘以三等于三，一共编了三双，这就是正正得正。"我说："这个好理解。"

　　阿爸接着说："假如咱偷懒，不编草鞋，把过去的存货拿出来穿，一天穿一双，时间过了三天，就是负一乘以三等于负三，存货里少了三双，这就是正负得负。"

　　我说："这个也还好理解。那负负得正呢，每天存货里少一双，也就是每天都是负，三天不就负了三双吗？怎么理解'得正'呢？""不，不，孩子，你这用的不是乘法，是减法了！"阿爸接着说："应该这样理解：假如我为了知道三天前咱家存货里有多少鞋，需要一天一天倒退回去算。我们把穿掉的鞋每退回一双，就是负一，倒退三天，也就是负三，这时库存里又多了三双鞋，这就是负一乘以负三等于三，这不是负负得正了吗。"

"我懂了，我懂了！"我茅塞顿开。

此时，我心中一种感觉油然而生：劳动可以把书本上的事情简单化，劳动中学习最有效，劳动者最聪明。

万事如镜

弓箭匠与狩猎人

从前，北山里有个工匠，专做弓箭，卖给南山的猎人。他技术精湛，做的弓箭强度高，射程远，易瞄准，深得猎人喜爱。

猎人使用他的弓箭狩猎，收获颇丰。工匠看了眼红，他的弓箭不停地涨价。猎人还是越挣越多，生活过得比工匠还富。工匠越想心里越觉得亏得慌，口口声声说是自己"养活了猎人"。他强行要求从猎人的收益中分成。猎人不干，双方僵持不下。弓箭匠一气之下，弓箭不卖给南山的猎人了。

南山许多猎人感到天要塌下来了，"唉，这怎么办！用完手中的弓箭就没法狩猎了。"他们去求弓箭匠，"您开开恩！再说，您那弓箭留着也不能当饭吃……"工匠不领情，很自信，说："我的弓箭可以卖给其他地方！"

没过多久，南山里也有人做出了弓箭，虽然质量差点，但也能用。越来越多的人使用当地弓箭狩猎。不久，当地弓箭越造越好，质量慢慢赶上了北山里那位工匠，南山里的猎人还是正常狩猎。

然而，北山里那位工匠发现，自己的弓箭卖不动了。原来，北山周围都是荒山，没有多少动物，很少有人用弓箭狩猎。

工匠傻眼了！没有钱挣，家里人快没饭吃了。工匠自言自语说："做弓箭的与用弓箭的，究竟谁养活了谁呢？"

后土娘娘小叔子的爱好

自从盘古开了天地，后土娘娘宣布："天下山川、大地、河流，归所有生灵共有，谁也不得相互挤占。"可是，为什么大山属于老虎的领地，老虎见谁都可以吃？这里面还有狐狸与后土娘娘小叔子的故事。

狐狸很狡猾，满身恶臭，走到哪儿都不招待见。他想要块小小的领地，自个儿待着。一天，狐狸得知后土娘娘他小叔子有个爱好：收藏蒜皮。他手中的蒜皮有的大如手掌，有的红如残阳，有的香如秋桂……玩得真是入了迷。于是，狐狸从蒜农那里骗得两麻袋蒜皮，人托人，拐了七七四十九个弯，找到后土娘娘小叔子。当狐狸送上那蒜皮，他俩便一见如故，经过一番谈天说地，这位小叔子拍着胸脯对狐狸说："你这事包我身上了，不就要块领地吗！"

没几天，后土娘娘下了批示："天下所有大山归属狐狸。"狐狸拿到批示，又喜又忧，两手颤抖犯了难："我的天呐！这么多领地，我小小狐狸用不了，也管不住呀！而且也不便退回呀，弄不好被杀头的！"

狐狸将大山送给猫，猫又送给猪，猪又送给牛，牛又送给狗，狗又送给……转了一大圈，群畜看了都眼馋，但又都摇头，说："个头太大，吃不了！不敢吃！"最后，问到老虎那里，老虎说："哎，好事，我要！我要！我用得着，也管得住！"

　　但老虎担心一件事："那大山的主人，在后土娘娘的簿子上登记的可是狐狸，怎么改成我老虎呢？"老虎灵机一动，请狐狸又弄来四麻袋蒜皮，送到后土娘娘小叔子那里，问题很快解决了。

风筝的高度

一天，一老汉在公园里放风筝。风筝大红色，造型像人，很是炫目。它时而高翔入云，时而忽忽欲坠，引来许多人昂首围观。

那老汉不时呼喊着，报出"红人"风筝的高度。

奇怪！"红人"高飞时，老汉总是一副垂头丧气的样子，开始喊："高度 500 米！"升高一些后，"呀，100 啦，凑合！"再升高一些，"哟，才 30 啊，成绩一般，还需努力啊！"

当那"红人"下降时，老汉反而显得趾高气扬，叫喊："高度 30！"一会儿又下降了，老汉又喊，"嗨，100 啦，还行！"再下降，"嘿，500 米啦！成绩很好，来之不易啊！"

在场观众心里纳闷："怎么他总是反着说话？""红人"飞回，一名天真少年上前问道："大爷，您刚才报的风筝高度与实际升降高度怎么不一样呢？"那老汉不耐烦，板着脸。说："小孩子家不懂，靠一边去！"

"孩子啊，你太不给大爷面子啦！"在旁边的母亲批评少年。等围观人群散去，那母亲迎上前去，说："大哥，您的'大红人'今儿个飞得真高，好美啊，破了'吉尼斯'啦！听您刚才报的高度，我猜里面就有高招！"

老汉一副尴尬的样子，放低声调，说："嗨，风筝高飞的时候，我是按米、十米、百米单位的顺序报的高度；下降的时候，是按百米、十米、米单位的顺序报的高度。"

飞过河的猪

　　有一条河，水深流急。两岸有一群群野猪，北岸全是黑猪，南岸全是白猪。两岸的猪都向往对岸，想到那里看看、吃吃。

　　一天清早，一只黑猪突然出现在北岸的白猪中间。白猪们纷纷围上来，"你咋来的？你咋来的？"

　　黑猪说："飞过来的啊！""我们也试试！"白猪们说。接着，他们朝对岸蹦跶了三天三夜，怎么也飞不到对岸。

　　白猪找到黑猪，说："你真厉害，我们怎么飞不起来啊！"黑猪回答："我是借台风才飞起来的！"白猪大悟！

　　那天，台风来了，而且风向又是朝着对岸吹的。白猪们赶紧跑到河边，但脚没站稳，全被卷到了河滩上，伤的伤，死的死。

　　白猪又去问黑猪，黑猪说："要找准风口才行。"台风再次来到，又是顺向，白猪们找准一个大风口，蹦跶几下后，果然有好几只白猪飞到了北岸。

船头舱里的老鼠

古时候，在杭州拱宸桥运河码头，秋天的一个早晨，一只金翅鸟和一只小老鼠登上了一条大船的船头，欢喜地吃起了零星洒落的稻谷。

不一会儿，老鼠噌地跳入船头舱，"金翅鸟大哥快来呀，这里稻谷更多，够咱俩吃好久的！""谢谢老鼠妹妹，我不能下去！我得观察船上动静，怕有什么险情。再说船头上的稻谷也够我吃了。""啊呀，有什么好观察的啊？"老鼠劝说，"还是下面安全又可多吃。"金翅鸟不从。

几日后，天下起大雨。老鼠又说："金翅鸟你淋湿了吧，还是下来躲一躲！""谢谢！我待在上面可以观察动静，心里踏实。"其实，这时的金翅鸟已经不是前几天那只，原来那只看要下雨早就飞走了。

又是多日之后，天气变冷。老鼠又嚷嚷："金翅鸟你冷不冷，还是下来吧！""老鼠小姐，我不用；你在下面并不安全，外面的事啥都不知道。"其实，这时的金翅鸟又不是上回那一只了，那只金翅鸟看到寒流要来早已飞走。

许多日子之后，老鼠一觉醒来，突然感觉寒冷无比，昏昏沉沉地呻吟道："金翅鸟大哥，今年杭州怎么这么冷？杭州怎么这么冷？""老鼠小姐，这里没有金翅鸟，我是麻雀；这里也不是杭州，是通州！"老鼠一命呜呼，不一会儿冻得像一坨铁。

夏排长决策

　　某年 A、B 两国交战，两军对垒，胜负悬于一举。

　　A 军要派小分队炸毁 B 军碉堡。头天，A 军捉回 B 军的三个俘虏，他们供说，通往碉堡的路上，B 军埋了两处地雷，一处在山坡上，一处在小河沟里，具体位置不明。三人交代完全一致。

　　A 军小分队要启程了，由夏排长带队。士兵小张说："我昨天侦查发现，这边登上栈道的山坡上埋着地雷，咱们还是绕开那里。""你确定？"排长追问。"我确定！"小张十分肯定。"那也还得开个会，听听大家意见。"夏排长说。

　　会议开始了，大家七嘴八舌，有些不同意见。有的说："如果不走栈道，那就得绕远路，太辛苦啦！"特别是三位排雷高手，愿意一展身手，个个摩拳擦掌，强烈要求走栈道。他们几个群众威信也高，把大家情绪带动起来了。

　　最后，夏排长发话："根据大家意见，我决定走栈道！"

　　小分队出发了。快到栈道了，"咣！咣！咣！"一阵巨响，果然踩入了雷区，三位排雷高手白白丧生。

　　队伍继续前进。士兵们说："一共两处雷区，剩下的一处肯定是河沟里了，咱后面注意河沟就可以了。"走着，走着，到了一处河沟地带。夏排长环顾一圈，发现想要避开这里，还得翻过一座山。他疑问："埋有地雷的不知是不是这条河沟？"士兵小崔是这一带的人，说："排长，这条路上只有三条河，另两条是大河，可以从大桥上过的，小河沟就这一条。"夏排长还是不放心，又开会让大家讨论。有的说："翻一座山时间有点紧张。"有的说："地雷能埋到水里吗？我不太信。"还有的说："小崔是新兵，他说的有把握吗？"

最后夏排长说话了："综合大家意见，我决定还是从这里过。"队伍下了河沟，夏排长手里竹棍一举，"大家跟我来！"他们小心翼翼地蹚过了水面，松了一口气，士兵们兴致勃勃地冲上河岸去。不料，又是"咣！咣！咣！"几声巨响，地雷被踩响了。原来地雷埋在河滩上。

A 军小队只剩下夏排长等三人，在 B 军的闻声追击下，灰溜溜撤退回了营。

随后，夏排长被革职，他不服气地说："我是按多数人意见办，决策没有错啊！"长官训斥道："你自己长脑子干什么的！"

风险

传说，"风险"原先是一种咬人的飞虫，他比蚊子还小，毒性很大，常常随风飞进屋里，会咬死人，所以人们称他为"风险"。

一次，有户人家住地来了许许多多的风险，他们无孔不入地钻到房子里祸害人，有人被咬致死。

于是，这家决定挖一口窑洞住人，觉得风险不会进到窑洞里。但挖好后，发现里面有毒气，窑洞门要是关上了，人闷在里面会中毒。这窑洞还住不住？两难了！最后决定，窑洞挖都挖了，住吧。

但是，在"关门"还是"开门"的问题上，家里兄弟两个各执一端。哥哥喜欢关门，弟弟开始只好听哥哥的。每天晚上把门关得严严的，一段时间下来，真的全家人中了毒。

弟弟说："你这样不行，还是开门为好！""那就试试吧！"哥哥答应。按弟弟的办法做了一段时间，发现还是不行，那风险小虫轻而易举进到窑洞了，全家人又被咬后得了病，老奶奶还病死了。

这时，哥哥又说弟弟："你这办法更不行，还是按我的！"于是，他俩拉起锯来，经常深更半夜起床，一个关门，一个又开门，你来我去个把月，弄得全家既中毒气，又被虫咬，都病得卧床不起了。

这时家里老爷爷发话了："看来，这风险啊，要完全不进家里不太可能；这洞里的毒气，要一点没有也做不到，关键是如何把它们的危害减少到最低程度。"然后，他们商量，用麻线织一块粗布，绷在门框上代替门板，这样既能遮挡，又能通风。试了一下，这办法比较灵，一家人感觉好多了，不再被害病倒了。

但是，窑洞里的风险和毒气还是有，住着还是不够舒服。这时，家里两个小妹妹吵吵嚷嚷，说："这样还不行！咱家费这么大劲挖窑洞，抗风险，等于没有抗住。"爷爷说："行啦，行啦，风险只能较小，无法没了！"

三只猫咪发告示

猫王要在一个小山包上召开大会，让身边黑猫、白猫、黄猫三只小猫咪分工下发了告示。

第二天，会议开始了。黑猫告知的统统按时到会；白猫告知的半数按时到会；黄猫告知的多数未到。迟到、未到的猫咪都说会议地点太难找。猫王找来三只发告示的猫咪问话，说："昨天怎么发告示的？"

黑猫说："我告诉他们：电视塔旁边那个小山包上，有栋红房子，房子后面两棵松树，就在那树下开会。我还说，山北在发大水，从南坡上。"猫王赞扬："这样很好找。"

白猫说："我告诉他们：天王山脉大王山区第 5 号山峰第 139 号山地第 2653 号古树下。"猫王说："这没错，但比较难找。"白猫辩说："我这是最规范的！没有任何毛病。"

黄猫说："我告诉他们：北纬 30°41′，东经 122°59′。"猫王哈哈大笑，说："你这叫他们怎么找啊！"黄猫不服，说："我这最标准、最准确的，国际通行做法。是参会的猫太低级啦，不配接我的告示！"

猫王问："你们仨原来做什么的？"黑猫说："猫咪小学毕业，捉了三年老鼠。"白猫说："猫咪高中毕业。"黄猫说："猫咪大学毕业。"猫王又问："你，大学毕业捉过老鼠没有？""没有。"黄猫回答。随即，猫王下令："今后，猫咪大学必须把捉鼠作为必修课；大学毕业到我身边工作的，必须捉鼠三年以上。"

心系群众谋发展

租官

以前有个王国，商业贸易特别发达，谁要有难事，只要花钱都能办。

有个时期，王国里的官场腐败得一塌糊涂。官员屡屡被举报，有贪污腐化的，有失职渎职的，还有图谋造反的，前赴后继，杀而不绝，国王没辙了！

有个行会掌柜，姓夏，看中了商机。一天他找到国王，称："我能帮陛下解决官场腐败问题。""你有什么高招？"国王好奇地问。"以后你的官员从我行会租用，保证不会腐败。"夏掌柜拍着胸脯打包票。

国王哈哈大笑，直摇着头，说："这怎么成，别开玩笑啦！"他掰着手指头说："我的官员，一要忠君，二要能干，三要廉洁，四要亲民，我那么用心考核都总是失察，

凭你？""没问题，我自有办法，不行国王陛下先试试？"夏掌柜纠缠再三。国王说："那试试就试试吧！"

于是，夏掌柜经四处考核挑选，招来了许许多多人作为储备官员。

那天，夏掌柜的"官员租赁铺"开张了！各品官员明码标价，还有"忠君、能干、廉洁、亲民"的质量标准，赫然在厅堂高高张挂。

国王很快租用了几名官员，一段时间下来，经民意测验考核，他们个个表现优秀。从此，王国各品官员普遍实行了"租用制"。许多年过去了，官员很少被举报。夏掌柜挣得盆满钵满，国王也高兴。

然而，实际上官场腐败还在继续，且愈演愈烈。不久社会动乱，宫廷政变，国王王位轰然倒塌。

这时，有朋友找夏掌柜问个究竟，夏掌柜说了实话："我观察到，凡是腐败被究的官员，都是因为得罪了人，而且得罪不轻，因而被人举报。民不举，官不究嘛！所以我招来的官员，就是一个标准：'不得罪人'。有了人缘，什么都有啦！国王那'一二三四'，只是官员身上一件戏装而已。哈哈哈！"

过河发财

（一）

有一条大河，两岸悬崖峭壁，洪流奔腾，水势凶猛。

河的东岸有一村落，一百来人，几乎还过着原始人类的生活。他们每天一起劳作，收益平均分配，住着低矮的草屋，日子极其贫困，一片凄凉景象。

他们都知道，河的西岸有一处废墟，地下埋着很多金元宝，可以用来建造一座镇子，但大家苦于过不了河。

一天，村上请人来算了一卦。"啊哟，不好！你们这个村子哪，可能祖辈作过孽，要过这条河挺麻烦。"算命先生说，"假如你们非要现在过去，全村大多数人必须死掉，剩下三人可以平安无事地游泳过去，然后挖出金元宝，三年时间可以把对岸变成一座亮丽的小镇，这镇子是他们仨的；假如你们再等三年造一条大船一起过去，一百来人都能活下来，但要等到十年以后才能建造起那小镇，这镇子是你们大家的。"

此言一出，大家议论纷纷，大多数人说："挖金元宝建造镇子，目的是过好日子嘛，河还没过，人都死掉了，这第一方案划不来，干不得！"

然而，到了黄昏，村上三个"二流子"打起了坏主意。他们身着黑棉袄，腰系稻草绳，袖着手，在一个墙角里哆哆嗦嗦，窃窃私语。"干……干……干吗要等到三年过去！

咱……仨把他们全做了，明天就过去！"其中一个结巴，是那算命先生的亲戚，边打旋子边说。他活像个陀螺，公转里面还带自转，应该是瘸子吧。当天夜深人静，风高月黑，三人把全村草屋一个一个点火烧了，除了他们自个儿，没有一个幸存者。

天亮，大河正巧变得平静，三个恶人轻而易举游到了对岸。真的如愿挖到了大量金元宝，三年建起了一座镇子，昔日的荒河谷瞬间变成了繁华之地。

他们仨成了镇子的主人，荣华富贵，风光得意，还自命不凡，说："要是等那帮穷光蛋一起过来，猴年马月才能建起这镇子啊！"

这时，镇上不知谁编出许多故事，说："住在这里，晚上经常闹鬼，那鬼就是东岸被害死的那些人。"还说："有人梦见了镇子仨主人当年放火烧房、谋财害命的事情。"等等。全镇传得沸沸扬扬，都骂他们仨"太黑了"，扬言"不能跟他们做生意！"小镇顿时萧条起来，没有了顾客和生意，人们守着空房饿肚子，镇子也不像个镇子了。人们把这个镇叫作"鬼镇"。

仨恶人感觉待不下去了。他们到庙里找高僧求教，高僧发问："人住镇中，还是镇住人中啊？""当然是'人住镇中'！"恶人回答。"此言差矣！"僧人说，"'镇住人中'啊！没有了镇，人照样在；没有了人，只有房，就没有镇，甚至连房都不会有。"恶人一听，说到了他们的亏心处，抬起屁股就走，还骂骂咧咧，"去……去他娘的，哪，哪……有'镇住人中'的！"

八 心系群众谋发展

（二）

这时，人们又打听到再往西不远处，还有一条河，河势更为险峻，河的西岸有人还埋着大量钻石，可以用来建造一座城。

于是，他们仨又找那算命先生算了一卦，说法几乎跟前面一样。"假如你们非要现在过去，全镇现有三千住民绝大多数必须死掉，剩下七人搭伙可以平安过河，独自发财，实现三年建城；假如你们等三年造一座石桥一起过去，三千人都能活着共同发财，但要十年以后才能建起城。"

不料，此事走漏了风声，大家猜到了三个恶人准要采用老套路了。全镇人心惶惶，一片惊恐。大家奔走着念叨："怎么好啊！怎么好啊！"有的骂道："这帮畜生！哪能为了急于过河建城，一个镇子的人都不要了啊！"仨恶人私下议论："要那么多人干吗？建好了城，自然就会有人。"

他们仨果然又起了黑心。一天，他们找齐了另外四人，七人西装革履、油头粉面，在别墅里摩拳擦掌，高谈阔论，商议再一次"谋财害命"的诡计。不料，老天有眼，顿时下起了百年未有的倾盆大雨，山体滑坡，一伙人被活埋了，百姓幸免一灾。人们事后得知，原来当年建镇的时候，他们怕别人抢占地盘，没找人勘察地质环境，自个儿找了个背山面水的地方建了这栋别墅。

事故震惊了当地，没有人再敢独自过河发财了。镇民们都觉得，当下少数人过河独自发财肯定不行，但三年建造石桥过河、十年建城也太慢，最后来了个折中：用一年时间建造了一座索桥，推举身强力壮的一半人先行过河掘宝发财。等到六年后，果然对岸一座华丽的城市拔地而起，其余一半人也拖家带口过了河到城里生活。城中家家有钱挣，衣食无忧，人丁兴旺，一片繁华祥和。

那庙里高僧欣喜，进城溜达一圈，说："阿弥陀佛，还是'城住人中啊'！"他提笔写下三个大大的"人"字，中间加了个小小的"城"字。由此，人们为这个城市起名叫"众城"。

绿冠岭

有座荒山，顶上一片郁郁葱葱，人称"绿冠岭"。

原先，男人都不敢上绿冠岭，因为怕"戴绿帽"。后来绿冠岭上长出了三棵硕大的梧桐树，这里便有了"栽好梧桐树，自有凤来栖"之美妙寓意。景点火爆起来，到此一游的男人都要摸梧桐、拜梧桐，以求婚姻爱情的美满幸福。

三棵梧桐在人们心目中享有了神圣的地位，也成了绿冠岭的中心。他们越长越大，覆盖住了半个绿冠岭。参观的游客日渐增多，绿冠岭的小草则越来越少。

神奇的事情发生了。一天，山的主人登上绿冠岭，一片小草突然说话了："主人，我们成天接受不到阳光雨露，还遭那么多人践踏，都无法生存啦！能不能把梧桐老大修剪修剪，也不要让那么多人来看梧桐了？"

"你们这群野株杂种，大胆！"三棵梧桐听了很生气，也开腔了，"你们知不知道啊，我们是这岭上的英雄老大，绿冠岭如今这么火，全是我们仨的功劳！"梧桐还说："我们成天为你们遮风挡雨，还使你们得到了那么多人的喜爱和呵护，还不叫好，真是的！"

小草吓弯了腰，忙说："是，是，是，梧桐老大，我们全靠你们，全是我们的不对！"

唯有旁边几株身躯高大的马鞭草理直气壮，说："梧桐老大，你这个说法不妥啊！你们功劳确实最大，但没有小草，哪有你们啊？"

"算了！算了！"主人出来打圆场，"我来说句公道话，咱们绿冠岭的发展主要靠三棵梧桐，但小草也功不可没！"

"那不行！"马鞭草很坚持，"梧桐哪有那么大功劳！"

"那这样，功劳一半对一半，绿冠岭是梧桐和小草共同造就的，这样行了吧？"主人又说。

"还是不行，不是这么个理啊！"马鞭草说，"绿冠岭的发展，说到底是我们小草的贡献！"

主人一听，生气了："那我不管你们的事了！实话说吧，绿冠岭之所以有灵气，不就是靠有了三棵梧桐嘛！梧桐老大才是真正的英雄啊！"

梧桐得意了，又憋不住骂了一通："你们这野株杂种也不想想，绿冠岭每年给主人创造那么多旅游收入，不就是我们梧桐带来的吗？没有我们的时候，你们啥都不是。"

主人始终没有对梧桐树修枝，参观的游客越来越多。再后来，小草渐渐稀少，山顶水土流失严重，三棵梧桐随之枯死。绿冠岭变成了荒山秃岭。

出乎主人预料，许多年之后，山顶又长出来绿油油的小草，积蓄水土越来越厚，重新戴上了郁郁葱葱的"绿冠"。而后，还长出了五棵硕大的梧桐，还有苍劲的松柏！游客又纷至沓来。

主人感慨不已："看来，绿冠岭上的英雄老大是小草！"

洼宝村

有一条宽敞而繁忙的马路，尽头四面青山环抱，几处红顶民宅把小村打扮得格外吸引眼球。这是一座古村落，名叫洼宝村。

洼宝村地势低洼，古称"洼泥村"。

很久以前，这里水害频发，村民连树皮草根都没得吃，人们无意中从山谷里挖出了大大小小的红宝石。于是，村长组织村民挖红宝石，先找大伙儿商量："咱们是各挖各的，还是挖了全村一起分？"

村民都说："快要饿死人了，还是挖了大家一起分吧！""好！"村长带领村民扛着铁镐出发了。大伙儿探寻了好几天，一小伙子发现了红宝石坑，"有啦！"他一叫喊，说时迟那时快，一伙人蜂拥而上，"叮叮咣咣"一阵，把红宝石全挖走了。事后发现，挖走红宝石的都是外村人，本村人没能挤上去，还有一些人慢慢悠悠在来的路上。

村民扫兴而归。村长召集大家总结教训。有人说："咱们村的人哪，明显没有人家起劲，以后还是各挖各的吧！""同意！"村长又带领大家出发了。累了几天，一位老爷子找到了宝石。他一声不吭，心想："这回不能让你们知道，我得一人发财。"他撅着屁股，吭哧吭哧，挖呀挖，发现是一整块大宝石，一人搬不动。"搬不动宁愿不搬，也不能让你们占便宜。"他自言自语。此时，又来了一拨外村人，三下两下把红宝石挖出来抬走了。那老爷子气得干瞪眼，懊悔莫及！

回到家里，村长又发动大家找教训。村民们七嘴八舌一通，村长说话了："这样，以后挖到小块宝石，归个人；挖到一人搬不动的大块宝石，大家一起分。"

之后，村民挖宝石总能有所收获，有小块的，也有大块的。渐渐地，家家户户丰衣足食，村里还兴修了水利，洪水不再泛滥，村民喜笑颜开。

村子采用"挖宝"的谐音，把"洼泥村"改叫成了"洼宝村"。

小区里的警示标语

一年秋天，某县级市开展了一次"文明平安小区考核评比"。

全市共有二十个居民小区，其中"百花里小区"是出了名的"脏乱差"，治安问题频发。小区物业接到评比的通知就慌了神。今年以来，该小区发生事故案件 10 多起，前些日子就有三起：

——7 号楼一家住户，在房前草坪里挖了个地窖储藏大白菜。邻居一个小孩进下面玩，地窖坍塌，把小孩埋在了里面，只露出一个小脑袋，幸免于难。

——11 号楼旁边一个自行车棚与山墙交界处的空当里，一位老头把捡来的垃圾物品存放在这里，上面盖上厚厚的落叶作掩盖。因为有人乱扔烟头，这里着火了，好在只是烧掉一个自行车棚，房屋无大碍。

——别墅区一个大老板，这天出差了。晚上一个小偷翻墙进去，东西没偷着，被老板家那条大藏獒咬得伤痕累累，卧床不起。小偷反倒跟老板打起了官司，理由是："市里禁养藏獒，你家为什么养藏獒？"

考核评比开始了。考核组工作很细，制定了具体的考核评分标准："领导重视 20 分、规章制度 20 分、实际工作 40 分、工作成效 20 分"，4 个大方面还划分为 50 个细项。

考核组到了一家又到另一家，发现由于各小区做了精心准备，从领导汇报、规章制度到小区卫生、秩序都无可挑剔，各家不差上下。组长想："怎么评出个高低啊，难了！"

最后，大家坐下来一评，出乎预料，百花里小区评上了第一名。消息一传出，顿时"炸开了锅"，各小区议论纷纷。百花里小区物业公司几个人高兴得当天晚上摆起了"庆功宴"。

原来，百花里小区荣登第一名，关键是有一件事情争了"彩头"，那就是小区里的警示标语"出类拔萃"，颇有特色：有插地里的，挂墙上的，贴树上、电线杆子上的；有打印的，手写的，塑料牌的，金属片的，横幅的。五颜六色，琳琅满目。考核组数了数内容总有一百多种，诸如：

"马路中央禁停车辆";

"严禁住家从消防水管放水";

"禁止阳台修筑鸟屋";

"严禁门前搭建狗房";

"严禁种植外来植物及毒品植物";

"禁止草坪上种蔬菜";

"严禁窗户上往下泼水";

"请勿把狗狗带进小区公共食堂";

"严禁家里设置赌博机";

"严禁遮挡、破坏摄像头";

"请三层以下窗户安装防护栏，谨防小偷";

"严禁攀爬爱好者攀爬小区墙壁";

"禁止在小区竹园里挖竹笋";

"严禁小孩在地下车库玩耍打闹"……

评比会上，考核组组长说："祝贺百花小区夺冠！就凭小区里的警示标语，可以看出他们工作做得就是好。没错，他们是有一些小事故，但关键看所做工作，要是他们不做这些工作，可能事故还要多得多……"

"那是！那是！近几年，我们亡羊补牢，每发现一起事故和案件，就张贴一批警示标语啊！"百花里小区物业经理得意地介绍起了经验。

万事如镜

打虎英雄庆功大会

昨日读了《金瓶梅》里武松打虎的故事，连续两天晚上各做了一个梦。

第一个梦

武松打死老虎之后，那满大街锣鼓喧天、人山人海，人们簇拥着英雄，抬着死虎，前去清河县城参加庆功大会。我使劲往前挤，"哪个是武松？哪个是武松？"只听旁人都在问。

到了会场，我突然发现，台上站着 10 个戴着大红花的人，其中一位还是女士。我想，其中一位必是武松，那几位应该是武松大哥武大郎、武松嫂嫂潘金莲等亲属，我自言自语。"好嘛，一人打虎，全家光荣！"在场还有人在说，"有了武松大英雄，景阳冈再有老虎也不怕了！"

不一会儿，那清河县令宣布，"现在庆功大会开始，首先，我宣读打虎英雄名单……"不料，这戴大红花的人中间，头一位英雄是清河县打虎队队长甲鹰兄，第二位才是武松，其余八人中，有武松喝十八碗酒那酒馆的店小二夫妇，还有从山上抬回虎尸的郑公、谭天工、詹广、吴恁、赵顾、涂旭鸣六位农夫。此时，台下沸沸扬扬起来……

接着，县太爷宣布："下面有请打虎英雄代表武松发言。"武松站了出来，他很谦虚，向观众深深鞠了一躬，说："谢谢各位父老乡亲！昨日打虎，我个人的作用微不足道。一个好汉三个帮啊，我能打死老虎，全靠在场各位的共同努力。"此时，台下嘘声响作一片。

第二个梦

我跟着武松再次经过景阳冈，半途又遇到一只大老虎，"呼"的一声出现在眼前，我赶紧大喊"武松！武松！"发现武松不见了。

我"嗷！"的一声吼，醒来一身汗，"还好只是一个梦。"

万事如镜

猴子防贼

有两只猴子，一只金色，一只黑色，住在同一个园子里。他们感到寂寞，招来许多可爱的猫咪和兔子一起玩。猴子发现自己的水果、肉类等经常不见了，怀疑是猫咪和兔子偷吃的，便开展了一场打击偷吃的行动。

一天，猴子用绳子编织了一个网，罩在大门上。猫咪和兔子下班回家时，两只猴一起到场送行；引导他们路经猴子的食库；嘱咐他们"必须从大门网眼钻出去"。猴子送行时发现：有三只猫咪肚子鼓鼓的；走过食库目不转睛；走到大门口回来说"肚子被网眼卡住了，出不去"。猴子便把三只猫咪痛打一顿，说："你们这要死的猫，还偷不偷吃我家的食物？"

打那以后，每次猴子送行时，猫咪都战战兢兢地收腹而行；走过食库故意张望库里的食物，装出垂涎欲滴的样子。喜欢偷吃的猫还提前做了准备，他们找准几个最大的网眼，再把他撑得大大的，出门时轻松而过。

那兔子不一样。每次回家前，小草吃得饱饱，走过食库对猴子那些食物本来就毫无感觉；特别是，他们害怕过网眼时刮掉身上美丽洁白的毛，又是疼得很，所以明目张胆地打了个地洞，每次从洞里钻出去。还说："我们生性就不吃猴子的食物，身正不怕影斜！"

兔子还邀请猫来走他们的洞，猫不敢，表示"要做守

八 心系群众谋发展

规矩的模范！"

后来，猴子发现了兔子钻洞的事，把所有兔子痛打了一顿，有的被打死打伤。有一只兔子后腿被打断，拖着身子尖叫着逃之夭夭。猴子还警告兔子们："你们一定要像猫咪一样守规矩！"

又有一次，黑猴亲眼看见两只猫偷吃了香蕉和肉，说："看你们一会儿怎么回去，等着惩罚吧！"可是，下班时只有一只贼猫伪装不成，败露被捉，另一只贼猫蒙混过关，猴子都区分不出来。金猴骂黑猴："傻瓜，看见了不逮个正着！"黑猴蛮有理由，说："那样做不符合程序啊！"

就这样，食物总是不翼而飞，屡禁不止。那金猴看出了门道，说："丢不丢食物，带谁玩很重要。以后咱们不要再让猫来了吧！"黑猴则不同意，说："没有动物不偷吃的。带谁玩无所谓，关键是咱俩每天要做好规定动作，把大门上的网扎得紧紧的。"

于是，金猴与黑猴分家了，园子一分两半。金猴赶走了猫，只带兔子玩，他的食物从此不再失窃；黑猴照旧，食物持续不翼而飞。

万事如镜

老狗咬人

　　山沟里有户人家，养了一条体型庞大的老狗，用来看家防贼。

　　不知怎么的，那狗总是误咬路人。每次咬完总是找对方的"过错"，以推卸责任。

　　一次，家门口一位老人蹒跚走过，老狗"噌"地上去咬了他的腿。老狗说："那老头手持木棍，是窃贼，还要打我，我乃正当防卫。"主人一看，说："大爷拿的是拐杖啊！""拐杖就是棍子啊，不能打狗撬门吗？"老狗还蛮有理。

　　又一次，清早，一小伙子赶集经过这里，老狗"汪！汪！"两声，小伙子害怕拔腿就跑，老狗紧追老远，咬住他裤腿不放。主人一看，那是他分住在后山的独生儿子。"我儿子怎么会偷自家东西呢？"主人责问老狗。"我也没见过你儿子……"老狗又有理。

　　还有一次，老狗把一位妇人的手咬得鲜血直流，告诉主人："那女人想用毒药来毒死我……"主人问："毒药在哪儿呢？"老狗说："在她提兜里，我闻见了。"主人朝兜里一看，原来是两袋洗衣粉。

　　此类事情屡屡发生，主人一气之下，把那老狗捆起来宰了！

　　宰之前，老狗曾在屋后树林里与一只黑狼聊天：

黑狼问："哈哈！狗友啊，你真贼捉不成，乱咬无辜干什么？"

"狼友，你可不知我的难处。我老啦，眼花耳聋，体力不支，真贼捉不住呀！"

"那你想咬人就直接咬呗，还冠冕堂皇找理由干吗！"

"我这不是怕主人吗。我来了快满四年了，按约定到期就不要我啦！我得创造点业绩给主人看看呐……"老狗道出了心里话。

猴子争桃

据说，猴子在大地上诞生不久，有过一次大劫难，差点儿灭绝了。

诞生之初，猴子群居在一个山坡上，山那边有一处蟠桃园。

猴子们每天都要到蟠桃园摘桃吃。起先，猴子都慢慢悠悠，边走边玩，每次走到蟠桃园要大半天，吃个半饱天黑了就得返回。成熟可吃的桃子还剩下好多。

后来，猴子们都弄一个滑板车跑着去，半天就到，每天吃得饱饱的再回家。成熟可吃的桃子正好吃完。

许多猴子说："桃子就那么多了，今后跑得再快一个桃也多吃不了，自己累自己！"

可是，有一群黑猴还是要快，搭乘汽车去摘桃，一个小时就到了，每次都抢先把成熟好吃的桃子摘光。吃不了就带回家藏起来慢慢吃，或换成别的生活用品。

依旧骑滑板车的猴子没有桃子可吃了，说："汽车真不是个东西！"他们骂归骂，但自己也乘起了汽车。

后来，桃子不够摘了，猴子天天打架。

那群黑猴在一起商量："我们只有找到更快的交通工具，才能摘到更多的桃子。"黑猴中的一只聪明猴说："那没用，你用更快的，别个也会用啊！"

还有几只黑猴的想法更是超前："那我们采用悟空老太

爷的办法，每猴手持一根棍棒，占领蟠桃园，不让别的猴子摘桃。"

黑猴们都说"妙！妙！妙！"很快每猴备了一根长长的木棍。随后几天，吓得别的猴子真的不敢来了。

然而没多久，其他猴子也个个手持木棍，乌泱乌泱摘桃来了！桃园里每天猴战不停，"乒乒乒乓""噼里啪啦"响个不停，毁坏的桃子、树叶撒落一地。猴们桃子没吃到多少，却个个流血挂彩。

"不要打啦！不要打啦！大家扔掉手里的木棍吧！"那只聪明猴东奔西走，到处调停。

然而，大家还是不听，军备竞赛愈演愈烈：黑猴用炸弹，其他猴也用炸弹；黑猴用枪支，其他猴也用枪支；黑猴用大炮，其他猴也用大炮……

这时，山里涌现出好几只聪明猴，他们漫山遍野、声嘶力竭地奔跑呼吁："你们还有完没完啊！你来我去，结果桃子没增加一个，还损失不少，全是猴子自己杀自己啦！"聪明猴们建议："咱们所有猴子还是一道去寻找新的蟠桃园吧，这是大家的最终出路啊！"

但是，群猴几乎毫无反应。

最后，你知道那群黑猴采取了个什么损招？黑猴王派出一只精明能干的小猴到悟空老太爷那里偷学吹毫术，准备决一死战。其他猴群得知消息，也赶紧派出小猴跟了去。

一天深夜，猴子们都在山洞里熟睡。那只学会吹毫术的黑猴吹出几块巨石，"轰隆！轰隆！"一阵响，把其他猴子堵在了山洞里。

不一会儿，其他猴群中会吹毫的猴子，也都从洞口石缝中吹出几十块巨石，"轰隆隆！轰隆隆！"一阵惊天动地，把黑猴群居住的洞口也堵得水泄不通。所有猴子都在洞里没吃、没喝，快要憋死了。

　　此时，神兽白虎从天上往下看，发现怎么好几天没有见到猴子了。他下到地上一看，才明白原因。于是，白虎搬开巨石，把猴子都放了出来，收缴了猴子手中的武器，宰杀了所有会吹毫的猴子，说："你们以后可以和平竞争，谁也不可打打杀杀。"

猴山变天记

　　有座猴山，有三只黑猴通过竞争，霸占了山上所有果树，形成三足鼎立、轮流当政的局面，其他猴子都为他们当苦力，受尽欺压，苦不堪言。

　　后来猴子起来造反变了天！他们推翻了黑猴统治，由众猴重新推举猴山大王和各级猴王。将果树收归公有，猴子共同劳动，平均分配果子。这样一来，猴猴平等，没有了剥削压迫。但也带来问题，猴子干好干坏一个样，大家不图进取，死气沉沉，猴山很多年没有大的发展。

　　群猴觉得"这样也不行！"一次，猴子开大会，商议出一个办法：允许果树、果子交易买卖，让能干的猴子通过规模化经营先富起来。这就出现了一批"经营猴"，有的猴子种植大片果树，改进管理，提高产量，果子连年丰产丰收，猴山有了生机和活力。

　　问题又出现了：猴王们看到"经营猴"拥有那么多财富，心里不平："我们管理猴山贡献再大，也就分得一份口粮，不太合理吧！"恰好，此时一些"经营猴"为了获得竞争优势条件，偷偷向一些猴王行贿，于是猴王中出现腐败。一些猴王受贿积累财富多了，也用来购买大片果林，也当起了"经营猴"；还有的"经营猴"干脆通过购买选票直接当上了猴王。山里的猴王富豪日渐增多，最后又形成了十几只猴子一统全山的局面。

这时，群猴漫山遍野，奔走呼号："又变天了啦！又变天了啦！这样下去，不又是三只猴子一统天下了吗？"

有猴子说："不！不一样！以前那三只是黑猴，现在他们都是金猴。"

群猴说："你傻啊！黑猴、金猴不都是富猴嘛！不都欺压我们嘛！"

于是，全山猴子又开大会，在一起上蹿下跳、摩拳擦掌、叽叽喳喳争论了三天三夜，终于找到了一个防止变天的好办法："所有猴王，及其九族三代不得搞经营；所有经营者，及其亲属好友不得当猴王。"这招真灵！猴王们果子吃多了撑肚子，吃不完放着烂掉了，说："果树、果子再多也没有用啦！"一时间，群猴纷纷到山沟里捡拾猴王们扔掉的果子。也有一批猴王，宁要自己的果树、果子，忍痛辞掉了王位。

群猴们找到石匠师傅凿了一块石碑"猴王不老板，老板不猴王"竖立山顶，将其作为世世代代遵守的天则。

从此，有效遏制了猴王腐败、猴山变天。群猴公平竞争，共同富裕；猴山果木兴旺，久泰长安。

伙夫除猫

朝廷有一处粮仓，养了一批猫，把老鼠消灭得无影无踪。

有段时间，粮仓官庚吏忽然发现，库区又出现了许多老鼠；再一查，二十多只猫仅剩下十只。猫到哪里去了？

有人反映，猫被粮仓伙房的伙夫打死了。庚吏很是恼火，来到伙房查个究竟。原来，那些猫经常钻进伙房偷吃鱼肉，伙夫们很痛心，都说："伙房好不容易才有点荤腥，这要死的猫太可恨了！"于是只要发现有猫偷吃，逮住一只杀一只，逮住一只杀一只。他们铁了心要"除恶务尽"！

庚吏大发雷霆，"你们真是混账！贪吃鱼肉是猫咪的本性，你们不要让它们进伙房就是啦！猫捉老鼠可是一把好手，要用其所长嘛。猫咪偷吃，责任在人哪！"他下令："以后实行责任制：谁也不得将猫放进伙房；伙夫进出须随手关门；伙夫轮流值班，看好把严门窗。谁的责任不落实，就开除谁。"

打那以后，连续开除了三名失职的伙夫，再也没人把猫放进伙房了。

问题又来了。一些伙夫吵吵嚷嚷，"伙房里不能没有猫啊！每当开饭，人们把肉骨头、鱼骨头等扔一地，全靠猫咪帮收拾干净啊！"伙夫们一起商量，"那怎么才能让猫咪只吃桌子下的骨头、不吃桌面上的鱼肉呢？"最后个个摇头，说："没办法，没办法。只能靠猫咪自觉，他们要偷吃，继续格杀勿论！"

庚吏听说这话又急了，立马又来到伙房，说："死脑筋！猫咪不适合进伙房干活，你们可以养点别的小动物啊？"伙夫们很为难，摸着脑袋想了好一阵，"天下动物都偷吃，哪有那么听话的……"大家想了三天，都说："实在想不出来！"

庚吏一语点破，说："有啊，狗！狗既忠诚，又廉洁。"

伙夫们对狗一直很厌恶，不信庚吏的话，但出于无奈，就请来两只小狗，试了一段时间，果真做到了两全其美。

有伙夫反省自己："'只吃桌下骨、不吃桌上肉'的小动物真是有啊，养几只狗很容易的事嘛！看来我们过去对狗有偏见。"几位打死猫咪的伙夫忏悔道："过去我们对猫咪用得不是地方，导致他们屡屡'犯死罪'，可惜，真是可惜呀！"

"猪八戒"名字的由来

有种说法，"猪八戒"的名字从他搞形式主义而来。

那几年，天河两岸连连灾荒，民不聊生，百姓屡屡从天河顺流直下上访朝廷闹事。

此事惊动了天上神仙，玉帝派天蓬元帅赈恤灾民，平息事态。元帅生性懒惰，贪图享受，把天庭下拨的赈灾粮占为己有，只是在上访百姓到朝廷的途中开设了一个粥厂，象征性施粥赈恤灾民。现场摆开八张巨大的桌子，每天用一斤大米煮八大锅米汤，每当上访百姓怒气冲冲、饥肠辘辘路经这里，天蓬元帅差人热情迎候，让他们安坐下来，饱喝一顿，边喝边发牢骚，一吐为快，然后将其劝返。元帅称此举为"粥八宴"。

时间一长，这"粥八宴"失灵了，上访百姓纷纷绕道去朝廷。为了增强诱惑力，天蓬元帅将"粥八宴"改了个叫法，叫"猪八宴"，并广而告之：每天杀八头大肥猪慰劳饥荒百姓。还筑起几处高台，整天上面杀猪给百姓看。那猪的嘶叫声此起彼伏，厂内炊烟袅袅，诱得百姓口水直流。其实那猪是用纸糊的假猪，那猪叫声是请嗓门大的人模仿喊出来的。

每每上访百姓来到这里，元帅都说今天你们来晚了，只能以粥相待，实在抱歉！百姓屡屡扫兴而归，久而久之不干了，上访闹事愈演愈烈。

玉帝得知此情，下旨撤销了所谓的"粥八宴""猪八宴"，并下戒律："严禁用形式主义糊弄百姓、应付圣上。"

　　老百姓为此举连连叫好，将天蓬元帅戏称为了"猪八戒"。

时代新知伴我行

竹木之战

古代两个部落，一个住在树林里，以木头为图腾；一个住在竹林里，以竹子为图腾。

两个部落经常打仗，树林部落用木棍作武器，竹林部落用竹子作武器。用木棍还是用竹子做武器，成了大是大非，因为这两样东西分别是他们的图腾，可不能用混了！两部落首领和高级将领们都得意扬扬，说："本部落拥有天下最先进的武器，无往而不胜！"

其实，木棍与竹子各有优长。木棍短而重，击杀力强；竹子长而尖，刺杀力强。

开始打仗的时候，树林部落略胜一筹，竹林部落屡屡失去地盘。

然而，许多年以后，树林部落突然战斗力下降，开始连连打败仗，许多地盘得而复失。首领不解，御驾亲征，惊奇地发现，竹林部落士兵有拿竹子的，也有持木棍的。但又派奸细探秘，发现竹林部落在自己地盘上也栽种了大片树木。树林部落首领大怒："窃贼！偷走了我们树木。"

树林部落士兵呼吁："我们也学学他们，种些竹子做武器吧！"首领说："竹子乃劣等之物，我堂堂树林部落，岂能以此做武器！"

最后，树林部落被竹林部落吞并了。

陶老板走失

陶先生是位大老板，聪明绝顶，60多岁了还在干着事业。一次，一个意外的消息传开了，说："陶总得了老年痴呆，昨天开车出去走失了，丢了车，人还是让警察送回家的。"

人们议论纷纷，"哟，太惋惜了，年纪不算大嘛！"他的战友说，"老陶年轻的时候当过侦察兵，在大山里面野外生存训练半个月，都活蹦乱跳回来的。"还有的说："老陶当年在大机关工作，能记一千多个电话号码。"

然而，过了一天，陶老板高视阔步上班来了，人们看不出一星半点老年痴呆的样子。

怎么回事？原来，那天一早，陶老板自个儿驾车去周边的U城市看望老朋友，出门忘带手机了。因为私事，也没带随从。

开到半路，车没油了，他到加油站加满油，要付费，习惯性地一掏文件包，"糟糕，没带手机，没法交钱啦！"只好把手上戒指押在了那里。

到达U城市，已经下午三点，"先吃饭吧！"陶老板找了个好点的饭馆，点了一千多块钱饭菜。吃罢，习惯性抬起屁股就要走，让服务员叫住了。陶老板忘了，这回没有随从帮付款，感觉好没面子啊！他又一掏文件包，"糟糕，没带手机，又没法交钱啦！"服务员起了疑心，"这位是有意来蹭饭的吧？"她说，"怎么办？你不能走啊！"众目睽睽之下，西装革履的陶老板一副狼狈，只好把宝马轿车押在了餐厅。

陶老板焦虑不安地离开了餐厅，只好步行去找朋友，走了一阵迷了路。此时天色已黑，只身恍恍惚惚徘徊在朦胧的路灯下，"去哪里好？"

继续去找朋友吧，地址在手机里；

乘公交回家吧，公交卡在手机里；

住酒店吧，钱在手机里；

叫司机来接吧，电话号码在手机里。

眼看要露宿街头，陶老板只好找到了派出所……

猪吃人

猪吃人了！

那是 2323 年，在一个偏僻的乡村，有一个智能化养猪场，杀猪全靠机器人。每当杀猪，大群大群的成年猪都被赶到一个开阔的屠宰场。那屠宰场与养猪场紧挨着，场面可让猪们恐怖，血乎乎一片，一阵阵血腥气味，"嗷——嗷——"的嚎叫声此起彼伏，声嘶力竭。养猪场里的猪眼泪哗哗直流，"太惨了！太惨了！我们为什么非要让人类宰杀？"就这样年复一年，代复一代。

终于有一天，又有 200 头膘肥体壮的猪被带出了猪圈，等待宰杀。此时，突然有人说："昨晚停电，杀猪的机器人没法充电……"

一听此情，一头 300 多斤的大公猪吼叫了起来，"猪兄猪弟们，今天可是机会，没有了机器人，咱们逃吧！""不行，没了机器人，人类也能捉拿我们吧！"群猪提出疑问，说："这人类，从没见过他们徒手捉拿过我们，不知道他们力气有多大。"那大公猪满有信心地说："这个我已经观察研究许久。据说，这人类很久以前力大无比，一个人就能捉拿我们一头猪；后来由于他们长期靠机器人干活，机能退化，四肢无力，现在根本不是我们的对手啊！"于是一呼百应，群猪们跟着那大公猪冲破猪栏，拔腿就跑。

饲养员们闻讯赶来，一场人猪大战发生了！果然，不到十分钟，猪大获全胜，浩浩荡荡、成群结队逃之夭夭。人类一败涂地，狼狈不堪，顷刻传为笑谈：一个壮男被一头母猪撞飞到 5 米之外；两个小伙子，人手拧不过猪耳，折断了胳膊；八个人逮不住一头猪，还说"那猪光不溜秋，缺少抓手"……

群猪跑了十多里地，有猪说："这不行吧！我们身上都带着卫星定位系统，到时机器人充了电还得把我们捉回去，咱们还是回去吧！"群猪说："回去还不是自找宰杀。"大家七嘴八舌一阵，那大公猪忽然灵机一动，说："干脆，趁着机器人还未充电，抓紧回去把人吃了！""好！好！好！"就这样，群猪齐刷刷返回了养猪场，咬死了多名饲养员。

人们到庙里求神拜佛，找到神兽白虎告状。白虎说："从前猪本来就是吃人的，后来由于人类劳动锻炼，肢体发达强壮了，所以人就吃起了猪；现在人类肢体退化了，猪强于人，就变成了猪吃人，这也无可非议啊！见谅，见谅！"

天上真的掉馅饼

嘉陵江来到中游，走出了一条"Ω"形支流，形成一个江心洲，上面住着一群人。

一天晚上，群主做了一个梦，想吃馅饼了。早晨起来推开大门，果真有一筐热腾腾的馅饼，忽忽悠悠从天上飘落到自己门前，还是透明保温材料包装的。群主赶快抬头一看，并没有飞行物动静。

顿时，江心洲上的人们纷纷跑来围观，大呼："天上掉馅饼啦！天上掉馅饼啦！"经查问，谁都没有发现馅饼怎么来的。

于是，人们都眼睁睁地看着，谁也不敢打开食用，怕是外来者毒害他们。

几天后的一个晚上，群主又梦见想吃馅饼，他醒来想："天上会不会又掉下馅饼？"于是赶快从床上爬起，在门前守了半夜，待到东方日出时分，果然天上又是落下一筐与上次一模一样的馅饼。这回群主发现了，是一只大鹏一样的飞行动物送来的。群主知道，那是鸟人，由人转基因而来的一种高等动物。

群主马上招呼："鸟人朋友，下来！下来！"那鸟人落了下来。听鸟人一番话，群主终于明白了，原来是机器人监测到群主做梦的内容，然后做了馅饼让鸟人送来的。

上述故事发生在公元 3000 年。

那时，地球上已经由自然人、机器人、转基因人三分天下。自然人为了活得更加自由自在，生产出了大量各种各样的转基因后代、机器人。自然人已经不怎么劳动了，手脚、脑子都退化了；也不怎么饮食了，多靠注射、吸食营养液维生，牙齿变得稀疏而细小。这时，转基因人、机器人着急了，说："自然人是我们的源头和根据。没有了自然人，我们也就没法再发展了！"为了保护"人种"，机器人和转基因人联合起来，利用海岛、江洲，或建围栏等，把仅剩的自然人全部捕捉关了起来，禁止他们对自身进行转基因改造，并训练他们回归原来的生活方式。

这"Ω"洲上的人，就是前几日刚刚被捉拿来隔离保护的。

永恒人生

　　女娲造人的时候，开始设计的生命是永恒不灭，人人万寿无疆。

　　天帝知道后，对女娲说，"人一诞生就不死，这大地上总有一天会没有立足之地啊！"女娲听取天帝的意见，采用了一个两全其美的方案：给人设计了一个休眠期。

　　女娲每造一个人，就拜托太阳神在蓝天上点一颗星星，人的灵魂同时在星星上诞生。人积累的智慧，建立的功德，都在星星上存着；谁积累智慧越多，建功立德越多，这颗星星就越亮。

　　一个人的肉体在大地上化为乌有之后，就转入了一个休眠期，这时他（她）的灵魂仍在那颗星星上活着。许多年之后，肉体重新诞生，灵魂回到大地，人就复醒了。

　　复醒后的人保持着休眠前的所有记忆、德行、经验和技能；无论休眠多少次，其精神成果都无限积累，永久叠加，由此人类得到无限完善。人与人之间也世世代代相互铭记。

　　天帝对女娲的做法连连称赞。

　　然而有一天，天魔得知，说："你人不死了，我们魔鬼就没有了来源，也不起任何作用了！"于是，天魔发明了一块漆黑的抹布，只要大地上消失一个人的肉体，他就在天上抹掉他（她）的那颗星星。

于是，人的灵魂就失去了无限的延续性。女娲非常惋惜，对人类说："寄希望于你们自己了，相信人类总有一天能够战胜天魔，获得永生！"

许多亿年之后，公元41世纪80年代，华夏民族发明一种神术，借助太阳的火种，烧毁了天魔那块黑抹布，于是人类又能够"苏醒—休眠—苏醒"周而复生、不断完善、无限发展，其灵魂（精神世界）与天地、星辰同在。

万事如镜

高铁站上得了多疑症

（一）

有一对老两口都是乡村教师，刚刚退休，出门旅游。

老先生先期到达了一个大城市，次日上午，来到高铁站迎接后来的老伴。老伴到站了，两人电话里约定："'3号集合点'见面。"结果，两人费尽周折相互找了两小时，没接上头。

"干脆，咱出站，到'东站广场'汇合！"两人再次电话约定。不料，又转悠了两个小时，没见着。

"咱再换个地方吧，'南广场'见！"两人心脏不好，还相互嘱咐，"不着急，慢慢来！"怪啰！又是两小时，还没碰上面。

天快黑了，在车站服务人员的协助下，老两口终于相逢了。

（二）

事情没完。"3号集合点"到底在哪里？"东站广场"究竟有没有？"南广场"又有几个？这些问题，还是二老的心结。

两人来到车站"总服务台"，经询问，原来，车站上的"3号集合点"和"集合点3"不是一个集合点，两人各找各的啦！

时代新知伴我行

"东站广场"不是广场，而是一栋商业大楼，两人见楼不识楼啦！

"南广场"在车站平面图里的位置，标在了上方而不在下方，老爷子看反啦，以为地图总是上北下南的！

总服务台那值班的小伙子哈哈笑了起来，说："时代不同了，知识更新啦！"

（三）

打那以后，老太太患上了"多疑症"。走到哪，问到哪。

住宾馆，要问："'哆来咪发国际大酒店'就是'哆来咪发大酒店'吗？"

乘飞机，要问："'T2航站楼'就是'2号航站楼'吗？"

过马路，要问："你们这里的红绿灯是'绿灯行，红灯停'吗？"

上厕所，要问："这穿裙子图案的是女厕吗？"

……

老先生屡屡责备，老太太屡屡作答："啊呀！不是'知识更新'了吗，多问问没错！"

万事如镜

爷爷盖的房子

小时候，我家住着一处四面没有窗户的小屋。白天靠两个小小的墙洞采光。晚上，用一盏煤油灯照明，一家人围坐在油灯旁，妈妈缝衣裳，爸爸织草鞋，我们小孩做作业。等做完事，妈妈把灯吹灭，一家人暗里坐着聊天，其乐融融。

我长大一些后，家里增盖了两间新房，两面有玻璃窗户，夏天可以开窗吹凉风，冬天屋内晒太阳，晚上照明也改用了泡罩灯了。泡罩灯是在煤油灯的基础上，套上一个葫芦状的玻璃罩，顶部有个通气口，主要优点是不怕风吹，用起来好多了。一家人住新房感觉舒服多了。

但春夏因农事用房，屋子不够，我们还得到那老屋住一阵。

这时，我们兄妹几个很不乐意，发起了对已故爷爷的"批判运动"，说："爷爷真笨，好傻，老脑筋，盖的房子没窗户，冬天阴冷，夏天闷热潮湿……"我说："爷爷不怕冷，也不怕热，还不爱见阳光，只想到自己需要了。"都嚷嚷"把这破房拆了吧！"

这时爸爸说话了："不是这样的！那时没有玻璃做窗户，晚上点煤油灯，风一吹就灭，所以房子不留窗户。"妈妈说："旧房子别拆，留个对你们爷爷的念想也好！"

五土成金

有一位花丁，种有十余亩花园，遍地都是各式菊花。由于花种单一，生意并不好。

花丁一直纳闷："挺好的花，怎么卖不掉？"自认为财运不佳。便去山里求教一位隐士高人。高人指点："你们出游一回，四处赏赏花，顺便抓回一把黑土、一把白土、一把青土、一把红土，再从自家地里抓一把黄土，五土搅匀，撒进花园。三年后，地里起码变出十只金元宝。"

花丁欣喜！令四个儿子各游一地。很快，泥土抓回来了。老花丁又拿一把黄土，将五土混撒于花园。

儿子们还被各地花卉的五彩缤纷所动，顺便带回了各样花种。老花丁说："这些花种倒不错，但咱花园没有地块种了。"儿子们说："地块不是人划的嘛！"他们将花种也一并播于园内。

三年过去了，花倒是长得不错，整个园子有了百余种花卉，五色缤纷，争奇斗艳。

可他们一天天到地里瞪大眼睛寻来找去，总是不见金元宝。儿子们去找那隐士高人问个究竟，高人说："不可能，回去叫你家老爷子打开箱子瞧瞧！"

儿子们回家，果然，箱子里见到了黄灿灿的十二只金元宝。"不，不算，这是咱种花挣来的啊！"老花丁说。有个儿子说："也对，咱要是不到外地抓那几把土，哪能引进这么多花卉、卖出这么多钱呢！"

老花丁恍然大悟，说："哦，原来隐士高人为咱支招，是如此用意！"他作诗一首："五土荟萃学四方，地里吐出百葩香。包容创新好眼光，花卉家业世代旺。"

小姐妹采蘑菇

在某地深山沟，国道旁，有一片干净整洁、红黄色泽的松木屋。家家户户门前摆着大小各异的菌菇摊，传出阵阵芳香，还有声声叫卖。

小村尽头一户人家，有两个扎着羊角辫的小姑娘：大辫子姐姐和小辫子妹妹。

姐妹俩经常背着竹筐上山采蘑菇。采着采着，周边没蘑菇可采了。一天，妈妈带着她俩寻找长蘑菇的地方，果然找到一处新地方，叫"西松坡"，那里的蘑菇又多又好。她们兴高采烈，满载而归。妈妈说："孩子啊，以后采蘑菇要找新地方。""知道了！"两姑娘答道。

打那以后，头几天，姐妹俩每天回家，都背回来沉甸甸的满筐蘑菇。过了一些时候，妈妈发现，大辫子姐姐还是每天满载而归，小辫子妹妹采回的蘑菇越来越少，又是唉声叹气："没有蘑菇可摘啦！"

妈妈问："叫你俩找新地方啊，找了没有？""找啦！"两姑娘齐声回答。

"找了哪里？"妈妈又问。

大辫子姐姐一五一十说了好几处。

小辫子妹妹回答："西松坡啊！您不是说那是'新地方吗'？"

大辫子姐姐笑弯了腰！

筷子起源一说

以前没有筷子的时候，人们用餐都是围在一起，在一个锅盆里用手抓取饭菜。

传说，有一个竹匠师傅，每天在外给人家打家具，总在主人家里吃饭。一次，他请人从外村招一个徒弟，心想："这孩子吃饭要是太挑剔，在人家锅盆里挑三拣四，多不好啊！"于是，他跟中介人说："我要招的人，首先一点，吃饭要将就一点，到主人家锅盆里吃饭不要乱翻。"

几天以后，徒弟找来了。竹匠师傅一用，失望了。那孩子吃饭十分讲究、挑剔，这也不吃，那也不吃。每次吃饭，总要用手在锅盆里翻来捣去，很不卫生，使得师傅很是难堪。师傅找到中介人问："你找的人怎么这个样子呢？我跟你说，吃饭要将就一点……"中介人说："是啊！我周围找了好几个村子，那是吃饭最讲究的小伙子。"原来，那中介人，把"将就"听成了"讲究"，正好弄反了。

师傅说："人都来了，其他表现还不错，就留着用吧，我来慢慢调教。"之后，每当饭前，师傅都要悄悄提醒，"在主人家锅盆里吃饭，不可挑三拣四……"

那徒弟一下要改过来，觉得十分困难，常常吃不饱饭。过了几天，徒弟想出一个办法：用竹子削出两根精致的小棍，吃饭的时候用来夹饭菜，这比用手抓要卫生文明多了。一开始，师傅看不惯，说："别出心裁，给我扔了！"主人连忙说："别！别！这个挺好，你给我家每人也做一双。"

从此，用两根竹棍吃饭，慢慢在当地流行开了。师徒俩专门做这种小竹棍来卖，挣了好多的钱。

后来，人们把这两根竹子称作"筷子"，一传就是几千年。

奋斗路上览美景

小太阳的光辉

传说，盘古开天地时，天上除了现在的太阳，另外还有一个小太阳。

小太阳不停地在天上四处飘动。他在很高的高空，照射范围广阔，其光辉所及之处，万物生灵无不茁壮成长。因而，备受尊崇和敬仰。

小太阳高傲起来，他要专门照耀那些美丽优秀的物种。一天，他飘移到一个大山深处的上空，再也不走了，说："这里的物种，是世界上最美丽、最优秀的，我要把我的光和热专门献给它们。"还说："平地上的物种太丑劣了，不配得到我的光辉。"天公出面讨饶："那平地上的物种同样美丽优秀，只是各具特色，请求小太阳一视同仁，平等施舍。"小太阳回答："什么是美丽优秀，像这大山里的物种一样，才是美丽优秀！"

小太阳高高悬居大山上空，细细俯视下面，发现这样还不行，自己的光芒依然普照着山外的广袤土地，他很是不快！便左移右移，前移后移，试图躲开山外的大地。然而还是不行，躲开了左边又照亮了右边，躲开了前面又照亮了后面。

小太阳无奈，只能降低高度。越往下降，山外的照射范围越小。平原上的万物生灵难受得嗷嗷叫，乞求小太阳留下一点点光辉。小太阳不饶，很是得意，他降啊！降啊！最后，他落进了群山环抱的山谷，山外的物种终于见不到一丁点小太阳了。

当小太阳从平地上收起最后一缕光芒那一刹那间，"轰隆隆"一声巨响，地动山摇，他在山谷里砸出了一个巨坑，光辉顷刻熄灭，变成了一块丑陋的巨石，随后淹没在一池湖水之中。

一窝小喜鹊

俗话说，天下乌鸦一般黑，但有一种长有白毛的乌鸦。传说，这类乌鸦是从喜鹊变来的。

很久以前，一处白杨林里安栖着一群喜鹊，后来住进来一群乌鸦。一次，母喜鹊孵出了一窝小喜鹊。雏鹊在窝，喜鹊父母常常外出衔食回来喂孩子。乌鸦经常利用这会儿时间乘虚而入，抢占喜鹊窝栖息，还从垃圾堆、粪便堆、动物尸体上衔来腐烂食物偷喂小喜鹊。喜鹊是很爱干净的鸟类，喜鹊父母回窝一闻味道就很敏感，知道是乌鸦这脏东西来犯。迫于孩子们还不会飞，只得在这窝里勉强居住。

一些日子后，雏喜鹊羽翼渐渐丰满，会飞了。喜鹊父母决定携孩子们弃巢另筑。"为什么？"小喜鹊不解。喜鹊父母道："乌鸦弄脏了我们的家，太臭啦……"

"很好闻呀，我们很喜欢这个味道。"小喜鹊不以为然。

"臭！""香！""臭得很！""香得很！"喜鹊父子争论不休，看来到死也争不明白了。

喜鹊父母很是郁闷。"孩子们，你们看乌鸦这鬼东西，什么垃圾堆、粪坑、死人堆到处都扒，太肮脏、太恶心啦！他们还大声'哇哇'乱叫，人类都讨厌他们！"喜鹊父母苦口婆心，小喜鹊还是不理会，说："你们说些什么呀！这叫'自由'。你们看乌鸦，什么地方都可以去，什么话都可以说。看看你们，这也不能去，那也不能吃，说话

'洽洽洽——喳喳喳——'好像唱歌似的，专说好听的。这都违背了鸟性，失去了鸟类应有的自由！"

争论越来越激烈。"孩子啊，乌鸦这家伙侵略性还很强，经常抢占咱们喜鹊筑的巢，这是强盗行为！"喜鹊父母越着急，小喜鹊越振振有词，说："啊呀呀，你们别再说啦！依我们看，还是人家乌鸦做得正义，乌鸦这是向喜鹊传播文明生活方式呢！你们太有个性了，这是自私、吝啬，知道吗？乌鸦借别人的家住一住有什么不可，你们也可以找别处去栖息，一鸟多住，多么自由嘛！这是'世普知认'，懂吗？"

"什么？什么？'是不是人？'孩子啊，我们不是人，我们是鸟类。不过，我们和人类一样，都各住各家的，不能随便跑别个家里去住。"喜鹊父母听糊涂了。"什么呀！"小喜鹊发火了，扯高嗓门儿，"'世！普！知！认！'就是天下鸟类普遍是这么认为的。"

喜鹊父母接话，说："噢，对对对！'各住各家'就是鸟类普遍都这么认为的。"小喜鹊拍打着稚嫩的翅膀暴跳如雷，说："看来我们之间代沟太深，没法交流！"

喜鹊父母怎么也说服不了孩子们，说："孩子啊，不管怎么说，你们是我们亲生的，得跟我们走……""不！"小喜鹊很犟。

此时，一群乌鸦飞来，凶猛地驱走了喜鹊父母，小喜鹊安然留下，成了乌鸦的后代。

神尺

　　盘古开天地，天下混沌初开，从天上神仙到地上苍生，都还分不清是非，甚至连白天黑夜都分不清楚。

　　天帝告诉大家，白色为"是"，黑色为"非"，并做了一把长长的神尺，神尺的一半洁白，另一半漆黑。他把尺子发给人们，说："以后遇事弄不清是非，就用这把尺子来量，颜色与白色一头相同的为'是'，与黑色一头相同的为'非'。"

　　施行不久，天帝发现人类做的错事不减反多，造成了严重后果，有的被大水淹死，有的被太阳晒死，有的生病而死，有的相互害死……人类面临灭绝了！

　　天帝大声疾呼："大家务必分清黑白，要站在正确的一面，不要站在错误的一面。"但还是不著见效。

　　天帝下凡调查，发现他做的尺子有问题。原来，天下事情的正确与错误，不是按黑白两个面存在的；其实黑白两面都是错误的，只有黑白之间那一条线才是正确的。

　　天帝对他的尺子做了改进：两头漆黑，向中间渐变为白，到正中央用刀子刻上一条横线，过了中线再渐变为黑，到另一头又是漆黑。天帝还用神笔蘸了一下太阳的光辉，把中央刻度线描得金光灿灿。然后将尺子托举在手，对神仙们说："这把尺子，只有中间金色刻度线的位置才是正确；其余均为错误，越往两头错得越严重。"天帝还加重语气强调："记住，'是'为居中一条线，'非'为左右两个面。"

诸神仙见到新的神尺沸沸扬扬，纷纷要求天帝多刻一些刻度为"是"，说："天下苍生，悠悠万事，情况各不相同，不能只有一个刻度是正确的。"

天帝思考片刻，说："'是'为一条线，不能一个面，这个不可能变。否则各说各的是非，天下不得安宁。"

有神仙说："这个太为难天下苍生了！"天帝补充说："对于经过努力，做不十分到位的，可以有所容忍，但衡量标准只有一个。"

新村长开溶洞

　　山沟里有个村庄，每年夏季山洪来临，农田总是被淹，村民一直吃着慈善捐助和国家救济，日子过得凑凑合合。

　　村长换了一茬又一茬，都说要励精图治，根除水灾，但几代人过去了，还是面貌依旧。

　　又一年，新村长上任了！他读过大学，知书达理，公道正直，而且个子高大，一身腱子肉，力大无比。新村长上任伊始，到山沟里转了几圈，发现一个秘密：村庄下游不远处，一片厚厚的荆棘草丛，覆盖着一个大溶洞，洞口被几块大石头挡得严严实实。显然，这石头挡住了山沟里洪水的去路。他当即吭哧半个钟头，一人就把洞口的石块搬走了。

不久，山洪来临，水流统统从溶洞直泄而下，村庄安然无恙。几位老村长纳闷，今年怎么回事？他们找到新村长问个究竟，"洪灾让我根治啦！"新村长眉飞色舞、兴致勃勃报功。

"傻小子啊，你真是个傻小子！谁叫你打开溶洞的啊？"老村长们个个一脸苦笑，"咱村祖祖辈辈吃救济不是挺好嘛！这下好了，今年得靠面朝黄土背朝天吃饭啦！"

奋斗路上览美景

蔷薇与月季

　　小区里建了一个花园，一些月季和一棵蔷薇被移栽到一起。

　　蔷薇看见月季花长得丰满、艳丽，五彩夺目，比自己漂亮许多，很是嫉妒。人们对他说："你要像月季那样漂亮也可以，那你得请主人把你身子截了，再把月季枝头嫁接到你的身上。"

　　蔷薇听了毛骨悚然，说："我是蔷薇国里老大，有天下最好的基因，怎么能嫁接成劣等花种呢！再说啦，这也太痛苦了。"他大声喝令："劣种！你偷走了我的花粉，必须立即停止生长！"还用高大的身躯遮挡月季。由于缺少阳光雨露，月季生长变得缓慢。即便如此，最小的月季花朵也比蔷薇花漂亮。

　　后来主人告诉蔷薇："花木时间长了都会退化，唯有改良才能长盛不衰。你身边的月季也是由蔷薇嫁接而来的。"

　　蔷薇幡然醒悟，这才接受了嫁接，但他再也赶不上身边那些月季的高大和茂盛。

造物者说是非

恐龙是怎么灭绝的？答案还有一个版本，说是因为它们弄错了是非标准而被毒气熏死的。

天地初始，造物者创造了林林总总的生物。发现生物们面临来自自然界的诸多的危害，还有生物相互间的危害，能不能躲避这些危害，取决于生物自己行为的对错。

造物者觉察到，这些生物很笨，判断行为的是非标准各异，大相径庭，因为经常判断错误，陆陆续续越来越多的生物招致了灭绝。造物者想："用不了多长时间，这世界上的生物全都要灭亡啦！"他决定，要制定一个正确的标准，教给大家如何判断是非。

造物者冥思苦想，琢磨了三天三夜，心中豁然开朗，说："有了！这个标准就是'生死'。"

造物者把他所造的生物全部集中到一块原野上，专门讲了一堂课，大声宣布："凡是有益于万物生灵健康生存的行为是正确的；凡是危害万物生灵健康、导致死亡的行为是错误的。"还说，"生物们各自可以有各式各样的是非标准，我管不了那么多，但最终必须归结于'生死'标准，用'生死'衡量是非，此乃天规，不得有违。"

然而，恐龙这家伙不知怎么的，那天没来听课。据说，是被天魔骗了，弄错了听课的时间。所以，自然不知道造物者的"生死"标准。

很快，有一年大地突然四处崩裂，冒出黑烟，那是毒气，生物们被熏之后，都变蔫了，动物们头晕呕吐，很快大批死去。生物们慌了神，"如何是好？"这时有生物发现，水能驱毒，往水多的大河湖海方向跑能够求生。他们想起造物者的话，"能够求生就是正确的！"于是纷纷往东迁移，向着大河湖海求生去了。

　　此时，唯有那恐龙傻乎乎地原地不动。一只老虎和一头大象不忍心看到恐龙灭绝，苦苦劝说："你们看，你们的同类都死了多半了，快往水边去吧！"没想到，恐龙的回答是："死亡没什么，不就是躺下吗？"还说，"我们的是非标准跟你们不一样，我们诞生于森林，森林是我们的老家，遇事靠近森林、投奔森林，就是正确的！"

　　于是，恐龙们一意孤行往西迁移，半路全都呜呼了。

万事
如镜

鬼鸡

山崖上有户人家，养了一只母鸡，经常在黑夜里发出怪异、阴森的叫声，人们叫她"鬼鸡"。

鬼鸡一年到头兢兢业业下蛋，孵小鸡，带小鸡，任劳任怨，好是快乐！

后来，鬼鸡发现同窝的公鸡从不下蛋孵小鸡，同样享受主人的待遇。她越想越郁闷："凭什么我要尽这份义务？你们看，我养育的孩子，到哪里去了都不知道，一点福都享不着！"

她去恳求恶魔，把自己变成一只公鸡，恶魔同意了。变身过程365天，首先把已经孵出来的小鸡遗弃，让孩子们饿死；然后努力克制自己，把要下的蛋憋回去；等到要抱窝了，她强打起精神，满地奔跑。鬼鸡做这些违背母鸡天性的事情，身心异常难忍不安，但她有一个坚强的信念："人为财死，鸟为食亡，我们鸡也一样，我再也不能无谓地为别人付出什么！"鬼鸡使出浑身解数克服身心的不适，经常难受得流涕流泪，捶胸顿足，发了疯似的乱跑……

终有一日，她变身成功，身子、屁股成了公鸡样，但作为代价，鸡头仍然是母鸡，且动不了了。鬼鸡心中还是美滋滋的："终于不用无谓付出了！"

没几日，主人提醒："你做公鸡，每天清晨得打鸣，为人类报晓！"鬼鸡说："凭什么啊？这不还是无谓付出吗？"主人很生气："你做不到，我就把你杀了！"

鬼鸡无奈，又恳请恶魔用术，苦修 365 天，双脚变了鸭子脚，但其他部位全动不了。鬼鸡心中还是美滋滋的，"终于不用付出了"。

几天后，主人又来找鬼鸡，说："你得下水耘田、捉虫啊，否则你长一双带蹼的脚干什么？"鬼鸡惊讶，说："凭什么我非要给人类干苦力？"

主人恼了，把鬼鸡教训一通，说："天下所有动物的行为习性，都是老天按照这个世界的需要来设计的，都是你们的本能，与有没有回报没有关系。要是刻意改变自己的天性，你会难受死的！"

鬼鸡不信。她再次求助恶魔，苦修 365 天，发誓要变成一只什么职能、义务都不用管的怪禽。结果，鬼鸡的双脚也不能动了，全身都不能动了，变成了一只石头鸡，几千年始终僵立在高高的崖壁上！

大雁的春天

  秋日里，一处金色的河谷滩上，麻雀们还在草丛中"叽叽喳喳"觅食草籽、小虫，一群大雁在水面上整理着队伍准备南飞。领头雀与领头雁攀谈起来。

  "喂！雁大哥，你们来了没多久，怎么又要走啊？"领头雀问道。

  "是啊。你看，我们来的时候是春天，暖意融融的多好啊！这一晃天气又要凉了，我们得去寻找一个永恒的春天！"领头雁满怀信心。

  "啊呀呀，天下哪来'永恒的春天'哦！待着吧，怪累的，别飞啦！"领头雀泼冷水。

  "不行，我们得飞！""扑扑——扑扑——哗啦啦——"大雁们向南方飞去。

  冬来了，一场大雪降临，那领头雀因无处觅食藏身，和许多麻雀两脚朝天饿死在河谷滩的冰雪地里。

  第二年春天，大雁飞回来了。眨眼间又到了秋天，大雁还是在金色的河谷滩上整队待飞。

  第二代领头雀找到领头雁相劝："雁大哥啊，去年我们老领导说得没错吧？没有'永恒的春天'，真的没有。别找啦，渺茫得很哪！为了一个虚无缥缈的根本不存在的目标，年年来回飞行千万里，不值得啊，不值得！"领头雀摇头晃脑地接着说，"你瞧，咱河谷里的草籽、小虫、小鱼、小虾，既看得见，又吃得着，这才是真正靠得住的！"

"不！'永恒的春天'只有寻找才会有啊。对于我们雁类，重要的是心中有春天，永恒地向往春天、追逐春天，否则我们的生命就会停息。"领头雁坚定地回应。"扑扑——扑扑——哗啦啦——"大雁群又向南方飞去。

第三年，还是秋日，同一地点，大雁们重复着同样的事情。

第三代领头雀找到领头雁抬杠，他拍打着翅膀，"叽叽喳喳"一阵大笑："嘿！怎么今年还要走啊？我们两代老领导好言相劝，你们都听不进，'永恒的春天'找着了吗？恕我直言，你们即使找到了'永恒的春天'，春天又有什么好？春天又没有草籽、小虫可吃。特别是那春风，是最坏的，他吹得树枝摇摆不停，让我们都没有个落脚的地方，一点自由都没有啊。春风这个东西，还自私得很，他把热气吹来，吹得天下火烫火烫的，自己却转眼间跑凉快地方去了，弄得我们都无处可待。他还把树叶吹得密密麻麻，遮天蔽日，我们可不喜欢在那底下待。什么春天啊，春风啊，如何如何美好，那都是人类瞎编出来的故事，千万信不得啊！"

"去你的吧，不许抹黑我们春天！""扑扑——扑扑——哗啦啦——"大雁再次向南方飞去。

年复一年，金色河谷里发生着同样的故事。领头雁老壮益当、老而弥坚，二十年如一日翱翔在万里长空，而领头雀不知在雪地里饿死冻死了多少代。

第二十一个年头，金色河谷里，南飞的大雁即将启程。

年迈体弱的领头雁再也飞不起来了，他在老伴的陪护下沐浴着温和的阳光，趴在水边依依相送。大雁们层层把领头雁围住，久久不愿离去。

一群麻雀在岸边又跳又叫，"叽叽喳喳"讥笑不停。有一只小雁含着眼泪向领头雁问道："大王，'永恒的春天'真的找不着了吗？"

"不，不！"德高望重的领头雁摇摇头，"孩子们，'永恒的春天'我们已经找着了，自从大家奋飞的第一天起就找着了，他就在我们迁徙的每一个行程中。由于奋飞，我们难道不是天天都生活在春天和春天一般的环境里吗？我们越是奋飞，越可以充分地享受到春天的温暖。"领头雁语重心长地说道。

大雁们频频点头，大彻大悟，"大王放心！让我们飞吧，永不停息地奋飞吧。我们雁类注定拥有'永恒的春天'！"

"扑扑——扑扑——哗啦啦——"，大雁永远飞翔在万里蓝天，永远生活在温暖的春天里！

懒人峰

　　有一处山峰，远处眺望，形似人体，人称"懒人峰"。

　　传说，很久以前懒人峰就是一个活生生的人。他受到天帝的器重，神力无比，身高九百尺，可看见九百里外河溪里的小鱼，徒步日行九千里，徒手搬运九千斤。其饭量巨大，一顿可吃九百人的口粮。

　　巨人早出晚归，奔跑于九州大地，采集五谷，掠取禽兽，靠自己的双手满足自己巨量的生活需要。他天天如此，一天不劳动就要饿死。

　　时间长了，他忽然觉得日子过得太累。于是，巨人采来香料，做了三株佛香，都是房柱子那么大，用来每天烧香祭天，连烧九天九夜，祈求上天帮助他获取食物，别再让他这么累了。

　　此举感动了天帝，天庭指派一只天兽来到巨人身边，那天兽名叫"神眼"，能帮他观察到千里之外的食物，并引导他精准掠取。巨人再也不用每天站立山顶，四处观望寻找食物，比原来省事了许多。然而，时间一长，他发现自己眼睛看不到远处了。心想："反正有'神眼'帮忙，看不远就看不远吧！"

　　过了许久，巨人觉得日子还是过得太累，一天不外出捕猎都不行。他又做了三炷佛香，连烧九天九夜。

　　不久，天庭又派来一只天兽，名叫"神手"，能帮他把千里之外获取的食物搬运回来，采集一天，可以吃好几天。

巨人感到"这下舒服多了，真是谢天谢地！"久而久之，他的双手搬不了重东西了。他说："反正有'神手'帮忙，自己搬不了重东西，就不搬重东西啦！"

又过了许久，巨人觉得还是太累了，一个星期不外出就没吃的了。他再次做了三炷佛香，连烧九天九夜。

很快，天庭又派来一只天兽，名叫"神腿"，每个星期帮助巨人跑到千里之外，和"神眼""神手"一起把食物获取回来，巨人再也不用东奔西跑了。时间一长，巨人发现自己双腿走不了路了。他又想："反正有'神腿'帮忙走路，自己走不了就走不了吧！"

从此，巨人什么都不用做了，他在山里待着，三只天兽每天从四面八方，源源不断地把五谷、禽兽汇聚于他身旁，供他享用，最后一直到天兽喂给他吃。巨人成了一个好吃懒做的懒人。巨人感激得五体投地："真是感谢你们啊，是你们使我摆脱了繁重而艰苦的劳动。没有你们，就没有我啊！""主人客气，不谢！不谢！"三只天兽说。

多年后，巨人由于不劳动了，饭量日渐减少。渐渐地，他全身萎缩，手脚动弹不得，肚子也不饿了，饭都不吃了，变成了一块巨石横躺在山上。

天帝几天不见巨人，便派天庭官员下凡调查，原来由于三只天兽包办过多，使得巨人失去劳动锻炼，慢慢没有了自我生存的能力。天庭罚天兽各打五十大板，说："为人类效劳，只可助之，不可代之，代之即亡之！"

为了纪念巨人来过世上，训诫人类靠辛勤劳动延续发展自己，天帝就叫诸神把巨人石扶起来，竖立于山顶，起名"懒人峰"。

尊重规律看本质

茅厕禁尿

从前，有一处军营，是"粪便管理模范军营"。

每次迎接上级检查，将士们都要把茅厕打扫得清清爽爽，但检查官来了总是说："还有味儿，继续努力！"

那天，全体将士又一次把茅厕打扫好了，准备明日早上迎接上级检查。睡前，将军叫人用一块大木板把茅厕门挡得严严实实，说："今晚大家不要上茅坑了，有尿憋一憋。违者罚二十鞭！"

次日一早，检查官来了，先来到茅厕，这回终于没有挑出毛病，评价说："这回没有味儿，不错！不错！"将军听了心里美滋滋的。

临走，检查官又来到士兵住处，不料，房前屋后臭气熏天，一片尿臊味。将军丢了面子，大怒！原来，昨晚好多士兵实在憋不住了，尿在了路边草地上、树丛里。

检查官取消了他们"粪便管理模范军营"的荣誉，给了将军一个处分。将军查清情况，给每个随地便溺者罚二十鞭，受罚士兵达多半。

将军的上司知道后，感慨道："尿乃腹中之水，不可不出。便溺之事，束而致懈，禁而致犯，可疏不可堵也！"

蚊虫识肤

　　沙漠里居住着一群花蚊子，毒性极强，他们很难觅到食。

　　一天，附近有人搭建了一个驿站。花蚊高兴得"嗡嗡嗡"叫了起来："这下好了，往后有人血喝啦！"

　　蚊王说："大家先别盲动！你们可得注意，不要把人咬死了，咬死了就没得血喝了。这样，咱们分成三组，五只一组，一组只咬一个人，不要所有蚊子总朝一个人叮。"

　　三组蚊子分别来到驿站，试咬了一下人。回来后，第一组说："我们喜欢喝皮肤白皙那个人的血。"第二组说："我们喜欢喝皮肤黝黑那个的。"第三组说："我们喜欢喝皮肤蜡黄那个的。"蚊王说："那好，咱们就按此分工，各咬各的吧！"

　　次日，蚊子们兴致勃勃一起来到驿站。不料，大家找来找去，都蒙了。"原来的人呢，怎么找不见了！"许多蚊子说，"今儿个喝人血，怎么也喝不出上回那个人的味道了！"

　　这时，有一只每天在驿站上晃悠的小蚊子说出了真相："你们三组分别说的皮肤白皙的、黝黑的、蜡黄的，实际是一个人——驿站掌柜。因为上回你们第一组来的时候，驿站正好来了一拨非洲黑人，比较之下，掌柜显得皮肤白皙；第二组来的时候，驿站来了一拨欧洲白人，掌柜显得皮肤黝黑；第三组来的时候，驿站来了一拨澳洲棕人，掌柜子显得皮肤蜡黄。而今天在这里的，都是黄皮肤……"

那调皮的小蚊子发出"嗡嗡嗡"取笑的声音，飞舞个不停。

长生不老果的吃法

（一）

人类和猴子原先没有多少区别，那时因为没有多少东西吃，二者寿命都才几年。神农看了很可怜，在大地上栽种了一批树木，能长出"长生不老果"，吃了能长命百岁。

几年后，树慢慢长大，结出了长生不老果。果子形似葫芦，色似桃，蜜甜爽口，鲜美至极，人和猴子都很喜欢吃。吃了之后身体日渐健壮，吃多了还能忘忧祛虑，飘然若仙，极度快乐。

果树越长越高，成了参天大树，带来了一个新情况，一般人爬不上去了，而猴子"噌噌噌"几下就能爬到树梢。这时，长生不老果未到成熟，就被猴子吃完，人基本吃不着了。

（二）

神农知道这个事情，又栽种了一批长生不老果树，并规定这批树木产下的果子专供人类享用，第一批果树留给猴子去享用，相互不得侵占。

许多年之后，人们回首一看，欣喜地发现大多数人活到了几十岁，高龄的有八九十、一百岁以上的；可猴子呢，大多才活到二十岁左右。

猴子很纳闷，找到神农，神农经调查，猴子与人不一样的是，猴子能爬树，每次都要吃个够，没多长时间就把树上果子吃完了；而人由于上树很困难，要等到果子自然落地才能吃，虽然每次只能尝一点，吃不过瘾，但能吃几个月。

神农知道了个中缘故。随即，四处张贴"告示"，将长生不老果的使用方法昭告天下："长生不老果成熟期历经数月，陆续每天落地。必须成熟落地了吃，陆陆续续吃，才能延年益寿；摘吃生果，暴饮暴食，则没有效果。""噢，明白了！明白了！"人和猴子表示。

（三）

可猴子馋嘴，还是挡不住诱惑，只图一时吃个痛快如仙，每年二十来天就把果子吃完了，所以只能活到二十岁来岁。

人呢，开始决心很大，纷纷表示不学那短命的猴子。但时间一长，大多数人也还是管不住自己的嘴，说："这个东西太诱人了！"爬不上去怎么办？有的往上扔砖块砸下果子，有的找来长长的竹竿敲下果子，有的打造了梯子专门爬上去摘果子。还有的发明了"神术"，口中吹一阵风，甚至一个意念就能叫果子落下，等不到百日，就把果子吃完了，所以他们只能活到几十岁。个别的吃得上瘾，说："宁可少活几十年，也得一次吃个够！"于是青壮年纪就早逝了。

还有一部分人自我克制力很强，每年都要等到果子自然成熟落地，捡来慢慢享用，可食一百多日，故而延年益寿到一百多岁。

尊重规律看本质

木板的颜色

童年的时候，村上一个大户人家，家里有一块布满密密麻麻图案的木板，用漆画成，长方形的，看上去没有什么特别，图案也不美观。有段时间，人们不识货，常常把他两头搭在凳子上，在上面下棋、打扑克。夏日里，还摆在露天乘凉吃晚饭，小孩们扶着它在河里"扑通、扑通"游泳。

后来，一位老者说，花木板上的图案是从前一位告老还乡的朝廷官员所作，画的是一个深奥的道理。

于是，画中的道理成了大家的一个谜。乡亲们把猜画谜作为一种乐趣，雨雪天不干农活都来串门，扎成一堆，面朝花木板端详来，端详去，不时七嘴八舌议论一番。

一次，一个聪明人蹦出一句"有了！"他把图案里隐隐约约的黑色画点关联起来看，突然找出了一个"黑"字。大伙儿定神一看，都说"就是！就是！"打那以后，人们把这块木板叫"黑板"。

"光一个'黑'字，算不上什么深奥的道理啊。"大家继续猜。几年之后，又有一个聪明人，用同样的方法找出了一个"白"字，而且"白"字与"黑"字重叠在一起。大伙儿又说："就是！就是！"有人还说，"白"字比"黑"字更像。打那以后，有人把这块木板叫"黑板"，有人叫"白板"。

乡亲们把"黑"和"白"联系起来，想来想去，"到底啥意思？"都说只能解释为"黑白两道"，有点意思了！

　　但不少人还有疑惑："这'黑白两道'也算不上什么深奥的道理。"大家还是继续猜。过了几年，又有一个聪明人，用同样的方法找出了一"红"字，而且"红"字与"白"字、"黑"字三者重叠在一块儿。大伙儿又说："就是！就是！"有人还说，"红"字比"白"字、"黑"字更像。

　　打那以后，有人把这块木板称作"黑板"，有人称作"白板"，有人称作"红板"，同一块木板变成了三个颜色。

　　而木板的主人说："我怎么看，也看不出'黑'字和'白'字。"他硬是不让人称"黑板"或"白板"，自己一家人只称"红板"。人们说，这是因为"黑"和"白"不吉利呗。

　　又一天，乡亲们聚到一块儿议论木板，"原来木板的颜色，可以是由人看出来、说出来的，看成啥颜色、说成啥颜色，就是啥颜色啊！"大家恍然大悟，拍着大腿为图案作者的用心叫绝。

　　童心的我，不知大人们惊讶点啥，始终将它呼作"花板"。

骡子考上了战马

一匹雄马与一头雌驴结婚，生出一只骡子。骡子虽然跟马长得很像，但骡子终究是骡子，他长于驮重，怎么也跑不快。

于是，每年军队上到村里选拔战马的时候，都要通过实地奔跑考试来区分马与骡。当地有句话："是骡子是马，牵出来遛一遛。"

这时，骡子他妈——驴子感到失落，非要让儿子"长大了一定要参加千里马选拔，陪同国王、将军驰骋疆场！"

骡妈还说："我决不能让儿子输在起跑线上！"为了考试那一天，骡妈天天让儿子没白天黑夜地进行长距离奔跑训练，还给他吃好的，加强营养；儿子累了偷懒，骡妈对他拳脚相加，又打又骂。几年下来，骡子终于能与马跑得一样快了。

又一年，军队上来选马，骡子奔跑考了第三名，真的被选中啦！

到了军队上，骡子一下露了馅儿，他根本上不了战场。因为军营里骡子与马的生活条件、接受的训练都是一样的，再也没有"小锅饭"吃了，所以只要一跑，骡子就掉队。

此时，天上有位专门管理马匹的神仙叫伯乐，他看不过去了，来到地上，牵着骡子回到了他母亲身边，说："骡妈，请你不要这样！千里马的考试选拔本来是对马的天资的一种筛选，你给你的儿子加码训练，使得这种选拔失真了。再说了，骡子能驮重，这一点就比马强，你就让他留在村里干活不是很好嘛！"

这时，上回考第四名落榜那匹马感到很冤，他找到骡妈说："你看，你儿子插这一杠子，可把我害苦啰！"

骡妈"欧啊——欧啊——欧啊——"长叫，表示道歉。

箱子里的真理与舌底下的谬误

很久以前，真理和谬误是两种细小的飞虫。谬误会咬人，人被咬了会得病发烧；真理会分泌一种唾液，治愈被谬误咬伤的病人。

有一回，在一个村庄，谬误闹得很凶，人人都被咬了，好些人高烧不退。为了除掉谬误，找真理来治疗，村民们人人行动，四处寻找谬误和真理，可就是找不着。人病死了好几个。

找了一年多，最终被村上一位刚刚学了郎中术的人找到了。原来，谬误躲在人的舌底下，村里大多数人都有；真理关在一户人家的箱子里面。所以，后来人们造字的时候，"谬误"二字都有言字旁，还带一个"口"字；"真理"二字有多个方格子。

人们问谬误和真理，你们为什么这样藏？谬误说："因为你们村子里的人不爱自己动脑，都喜欢从众，相信大家的眼睛都是雪亮的，大家的嘴里肯定不会有我，所以我就藏到了大家的身上，相信这里是最安全的。"真理说："因为我的长相比较特别，往往与众不同，怕人们笑话，所以把自己深藏在箱子里。"

饿死桃树下的猴

　　大山里一处悬崖，悬崖下有片河谷滩，滩上散布着一些五彩晶莹的玛瑙石。

　　崖壁上面住着一个玩石老人，痴迷于获取崖下的玛瑙石。他每天买来 100 个桃子，引诱下面的猴子捡了玛瑙石送上来换取，小粒换一个桃，大粒换二三个桃。猴子成天颠跑来，颠跑去，干得可欢了。捡玛瑙石的猴子越来越多，每天乌泱乌泱，成群结队地来跟老人换桃子。

　　很快，附近的玛瑙石都捡没了，猴子们只能沿着河谷滩，跑到上下游老远的地方寻找玛瑙石。

　　一次，一群猴子奔走大半天，来到下游一处河谷地带，发现了许多玛瑙石，很兴奋。这时，一只黑猴突然吼了一声："哇！大家看……"猴子们顺着他手指的方向抬头望去，发现悬崖上面有许多桃树，红红的蟠桃正是成熟期。怪！这些猴子们视桃不见，还是习惯性地争相捡起了玛瑙石。

　　此时，猴子们肚子已经饿得"叽咕"乱叫。那黑猴"噌噌噌"几下蹦上悬崖吃起了桃子，还鼓动大猴、小猴："嗨，弟兄们！咱们捡石头还不是为了吃桃子嘛，何不先吃了这些桃子再去捡石头呢？"大伙儿没有理会，反而有声音说："'玛瑙石'才是真家伙！我不捡别个捡完了！"猴子们还是争先恐后抢拾玛瑙石。

天黑，玛瑙石捡完了，一些猴子再也无力爬上悬崖摘桃，活活饿死在了桃树下。还有一些猴子拿着玛瑙石匆匆跑回去想找那老人换桃，却饿晕在了半路上。

　　一只小猴饥饿难忍，咬了几块玛瑙石，硌掉了牙，疼得"吱呀"乱叫。大猴说："傻孩子，这个不能吃啊！"小猴答："不！我妈说过了，玛瑙石就是桃子！"

万事如镜

山·水·土地

有一位旅行者，从长江发源地一直旅游到长江入海口。

在长江上游，他问一座山："高山啊，你为什么如此高大巍峨？江水奔流不息，日夜冲击着你，你却依样岿然？"高山回答："我的底子是石头做的，生来坚强，能够扛住水流的冲击啊！"

来到长江下游，他又问一片水："流水，我真佩服你，你为什么能流淌这么远？从高山之巅，千里之外，冲出山山岭岭，自由奔腾来到大海？"流水说："我啊，我有个优点，扛得过就扛，扛不过就绕。我能冲散泥土，遇见土堆那就一冲而过；但我没有石头那么刚强，扛不过大山，那我就绕着圈子往前走呗。"

旅行者在外看的山水多了，回到家里，每天面对门前那一方小土地，觉得没意思极啦！他问："土地啊，你为什么既长不高，也走不远，千百年就在这里安居不动？我要鄙视你了！"土地笑答："哈哈，我啊，生性松软沉滞，且还有个坏脾气——欲积而与水斗，则不成山；好行而与山争，则不成流。所以，我就适合立足原地，嘿嘿！"

挪太阳

　　盘古开天地伊始，太阳在遥远的天边，大地非常寒冷，人类都没法生存。

　　天公想把他挪得离大地近一点。他制作了一个神棍，站在天边像打高尔夫球式的，"咣叽"一下，把太阳打到了紧挨大地的地方，但大地因此变得火烫火烫的，泥土都烧焦了，人类还是没法生存；天公又跑到大地这一头，甩开膀子"咣叽"一下，太阳被打回到了天边，"轰"地撞了一下被反弹回来；然后，天公悠着劲"咣叽"一下，还是打过了，太阳撞到了一颗星星上，又被弹了回来；天帝不达目的不罢休，"咣叽"了第四下，这下用力太小了，太阳只是稍稍挪动了一下，大地还是滚烫。

　　天公休息片刻，使用了一个新的招数：派了大力神夸娥氏（就是帮助愚公移山那位），在大地与天边的中间位置待着，天公再次用神棍朝太阳"咣叽"一下，夸娥氏像是一位足球守门员，"嗖"地扑上去把太阳紧紧抱住，然后把太阳安放在了一个离大地不远不近的位置，大地气温适宜，人类便诞生了。千万年来，太阳一直在那里定居，大地始终保持着生机盎然的气象。

　　天公说："看来做啥事都得适可而止，取中为好，可这也是最难的啊！"

县官泡澡

很久以前，南粤之地有个县官，住在一个幽深的山谷里。那儿的山泉清澈纯净、天然温和。县官每天沐浴用的是房后的天然水池，喝的是门前山缝滴到石槽里的泉水。他知道的水都是常温的，没有体验过开水、冰水是什么样的。

一次，朝廷派他到北国某地任职，他心里很不痛快。因为其祖辈曾经有人去北国，冬天里落水冻死，所以他谈"北"色变，说："那鬼地方，天寒地冻的，真不想去！"有人劝他："北国气候也有优点，四季分明，干爽清凉……""唉，我宁愿热死，也不愿冻死！"

无奈，他终究还是去了。来到之后，发现这里没有天然水池，没法沐浴，浑身不舒服，便下令叫人在房后修筑了一个石头水池，用来沐浴。

一天，他在石水池里放上清水，便脱光衣服跃身而下。不一会儿，便嗷嗷叫着爬了上来："来人呐，这什么怪水，身上像针扎似的疼哪？"用人发现那县官冻得浑身通红，嗖嗖颤抖，牙齿碰得"嗒嗒"直响，说："大人，您这是冻的，水太冷啦！""哎，这就是北国的冷水啊！"县官说，"那你给我加热！"他还自言自语："还是热水好，热水好，热水比冷水好啊！"

不一会儿，用人烧了三大锅开水，往石头水池里一倒，那县官又"扑通"下了水。不一会儿，那县官又嚷嚷起来："不行，不行，还是太冷！身上还是有点疼啊！"他一个跃身蹦到了水池上面，骂起娘来："这是什么鬼地方，这水这么冷啊，加了这么多开水还冷得不行？"

用人又过来了，"大人这不是冷，而是烫了吧？可能开水加多了，要不我给您兑点凉水！""不对！不对！热水绝不会这么难受，我们南粤够热的吧，我洗浴从没尝到过这般痛苦！"县官说，"不要加冷水，继续加开水，多加！多加！"

用人又烧了三大锅开水，往石头水池里倒。"这差不多了吧！"县官说话间又跳进了水池。即刻，县官"嗷嗷"狂叫着蹦出了水池，"来人哪！这水怎么就加不热呢？继续加开水！加开水！"

人们急忙过来，发现县官被烫出了一身的水泡，还脱了皮。"大人啊，不能加啦！不能再加啦！"用人硬是劝阻。

"北国的冷水呀，真是鬼水！恶水！祸水！……"县官骂骂咧咧一通，怎么也想不清楚，"北国的水怎么啦？"

风月宝鉴与女娲

《红楼梦》里有个故事：王熙凤毒设相思局，害得好色之徒贾瑞一病不起。此时，一位跛足道人送来一面镜子，说此物专治邪思妄动之症，有济世保生之功。只要天天照，你的病三天就好了。还提醒，此镜只能照反面，不能照正面，照了正面会丧命。

那贾瑞拿起镜子，背面一照竟然见到一具骷髅，正面一照却是花枝招展的美女王熙凤。贾瑞忘记了道人的警告，只图一时快活，不顾死神威胁，不照反面，单照正面，飘悠悠进入了与凤姐欢会的梦境，一而再，再而三，精血遗淌不止，很快一命呜呼了。

书中说，这镜子叫"风月宝鉴"，出自太虚幻境空灵殿上，警幻仙子所制。那警幻仙子为什么要打制这面镜子呢？相传，此乃女娲之托付。

（一）

说是盘古开了天地，女娲计划创造人类管理世界。盘古说："太好了！"他细问女娲的设计方案，发现人有七情六欲，还会繁衍增多，需要消耗天上地下大量资源，急忙又说："世间只有一个天、一个地，你造出那么多人，他们会不会欲望过度增长，造成天地间资源不够享用啊？"

女娲说："不会！人会劳动，可以创造财富供自己享用。"盘古想了想，"不对，劳动创造财富也需要利用自然资源，资源仍然会枯竭？再有，人与人之间会不会为了满足自己欲望而相互争斗、残杀？"

女娲听罢，"在理！在理！"思考片刻说，"那我改一下设计方案，规定人一生可以享用的东西为一个定数，这个定数就是每人拥有一分自然资源，加上一个自己的身体，再乘以个人劳动创造。只有劳动创造越多，获得和享受才能越多。"

盘古还有疑问，"那谁要不遵守你的规定，控制不住自己的欲望，一味贪图享受，强行突破了定数怎么办？"女娲说："谁突破定数，就由谁自己承担责任！""怎么承担？"盘古又问。

"也是！"女娲受到启发，又提出来一个设计理念：把人制造成形影相随、天成一体的两种存在模式：现时模式和未来模式，也就是现时的自己和未来的自己。现时的自己管劳作创造，未来的自己管收获享用；现时的自己时刻主宰着未来的自己。现时的自己享受过度，要由未来的自己承担后果，现时透支要由未来偿还，这叫自作自受。

盘古又问："那未来的自己不思悔改，继续堕落，承担不起责任怎么办？""哈哈！对付这个，已经包括在人体设计里面啦？"女娲解释道，"我设计的人体，本身就是一种他（她）享受生活必不可少的有限资源，谁要放纵欲望，享受过度就会加倍消耗自己的身体，受到精神和肉体上的折磨和伤害，甚至丧命减寿。"

盘古跷起大拇指，说："妙！妙！妙！"

万事
如镜

（二）

造人工程开始了！女娲每挖一把泥土，同时揉搓成一模一样的两个团团，左手往地上摆一个，变成了人的现时模式；右手用力往空中抛一个，飞落到了远处，变成了人的未来模式。后来，她又用藤条沾上泥浆，使劲往下一挥，泥点变出一群现时模式的人；又往空中一扬，将泥点撒向远方，变出了一群未来模式的人。

不久，千千万万的人遍布天下，大地终于有了管理的主人，女娲成天乐呵呵的，笑得合不拢嘴。然而，许多年后，一件尚未预想到的事情发生了！大批大批的人像得了瘟疫似的，早早死亡了。而按女娲的设计年龄，人的年龄在 200 岁以上。

女娲来到人间调查，发现死因五花八门，放纵淫欲、酗酒作乐而伤身致命者有之；欲壑难填、贪婪成性而招致惩罚者有之；好逸恶劳、坐吃山空而饥寒致死者有之；饱食终日、四体不勤而肥胖病死者有之；毁坏自然、杀鸡取卵而遭灾遇难者有之……但归结到一点，都是因为乐极而生悲。许许多多的人根本没有意识到世上另处还有一个未来的自己，于是不计后果，邪思妄动，为了追求一时的满足而丧失了生命。

女娲整日整日奔走于大地，大声疾呼："人哪，生于忧患，死于安乐。"她还用通俗易懂的话语解释人的设计理念："人有现时的自己和未来的自己，二者就像跷跷板，这头低了那头高，这头高了那头低，哀乐相生，没有两全，掌握平衡才高明！"

看到许多人还是不理会，女娲感叹："我恨不得将你们天各一方的两个自己拉到一起，让你们面面相觑、握手言和，可是做不到呀！"

（三）

此时，一位神仙来到女娲跟前，自告奋勇，说："我能做到让人类未来的自己与现时的自己背靠背交流，但面面相觑做不到。"那神仙是一位美女，来自放春山遣香洞，一个叫太虚幻境的地方，名叫警幻仙子，专门掌管人间情欲之事。

女娲甚喜，说："背靠背交流也行啊！"于是，警幻仙子说了自己的设想："打造一面镜子，人们用其正面来照，能够见到现时的自己；用反面来照，能看见未来的自己，正面享乐无度，背面苦难无边……"女娲听了说："妙，妙！这样正反两面互为因果和条件。人们照着它，可以身临其境，体验'生于忧患，死于安乐'的人生哲理。"警幻仙子说："正是此意。"

女娲说："镜子的名字就叫'风月宝鉴'吧！"于是，警幻仙子回到太虚幻境，很快将这宝物打造了出来。

守山虎吃人

从前，有片原始森林，眼看要被砍伐完了，山大王驯养了一批老虎，帮他看山。

并规定："凡上山伐木三棵以上者，吃。"老虎很高兴，"这下吃人名正言顺了！"他们个个出动，起早贪黑，在山里转悠来，转悠去，还广为宣传，让规定家喻户晓，人人皆知。几天下来，老虎们发现所有伐木者砍两棵树就走了。

老虎在一起商量："一个人吃不着，这怎么办？"有老虎说："我们太傻，到处宣传干什么？"还有老虎出主意，说："人们进山，我们躲起来才对，放任让他们砍……"众虎幡然醒悟："说得对！说得对！"

打那以后，伐木者一进山，不见老虎，放心大胆地砍起来。然而，每当第三棵树倒下之际，老虎出现了。一段时间下来，看山虎吃了好些人。但山大王的初衷没啥效果，山里树木仍遭大量砍伐。

山上树木越来越少，山大王出了一个新规定："以后伐木两棵者，吃。"这回，老虎学聪明了，他们把新规定封锁起来，不让伐木者知道，连续许多天，几乎个个伐木者落入虎口。那么多人丧命，而树木还是越来越少，山大王着急了，查清了原因，才知道老虎狡猾狡猾的！便处罚了一批老虎。

山大王又出了新规定："以后所有山外人不得进山，森林停止砍伐。"让老虎在进山路口设卡看守，"违者，吃。"山大王心想："这下不会再有人砍树了吧！"老虎也议论纷纷，说："这下完了，伐木者不砍树，我们没人可吃啦！"

此时，有聪明虎想出一招：捡来一块虎掌大的竹片，请人刻上"哨卡，禁止入内"几个豆粒大的小字，歪歪斜斜杵在进山口路旁的泥巴里，再让不会吃人的小老虎待在那里玩耍，大老虎一律后退一里地坐守。伐木者来了，到了进山口，没人看出那里是哨卡，还是大摇大摆地往里走，结果一个个都中了圈套。几天下来，又是数十人丧命。

山外民众聚集上山造反，造成严重流血事件，惊动了朝廷。

山大王彻底查清原因，规定："今后，抓人与吃人脱钩。老虎捉拿到伐木者，统统送交本王处置，不得擅吃。违者斩！虎食另拨口粮解决。"

此后，老虎不再借故吃人，也有效遏制了乱砍滥伐，山里树木兴旺，山村长治久安。

万事如镜

240

"死牛也是牛"

山沟里一家农户，要搬迁到很远的他乡。

这天，他请当地搬家公司的郎老板搬运家当。主人和郎老板经过一番洽谈，其他事项都说妥了，就有一头耕牛不知怎么搬。这牛年轻力壮，是全家最值钱的东西。农户眼瞧搬家公司那货车小，估摸着不一定装得下，便问郎老板："这牛能不能装下？""嗯，能载，能载！"老板稍稍迟疑了一下，便答应下来了。

"你怎么载？"农户疑问。

"那你就不管啰，我们自有办法。"郎老板说。

"多少运费？"农户问。

"5000 元！"老板报出天价。农户还价，老板很不耐烦，说："让你 200 元，交全款！"

农户仔细盘算了一下："这牛要是不拉走，留这里没法处理，短时间也卖不掉。再说，搬家到那边还需要牛耕地，另买一头要花一万多元。"权衡一阵，农户觉得还是拉走划算，他一咬牙，"4800 就 4800 吧！"

农户付了全款，把耕牛交给了郎老板。

第二天，双方在新家那边交接货物。

"牛呢？"农户没见到牛。

"这儿呢"，郎老板打开一个小小的厢式货车，农户傻眼了，车厢里盘着一头死牛，血糊糊的，一看是被杀死了。

尊重规律看本质

241

"你，你，你……"农户气得嘴唇发抖，说不出话。

"咱俩说好的啊，你也没说非得拉活牛！"郎老板蛮横不讲理。

农户一纸诉状告到法庭，这下可把法官难住了："查字典，我理解死牛也算牛吧；查法律，没规定。"

万事如镜

"饿死猫" 冤案

小时候，我家厨房正中央，总是高高悬挂着一只存放饭菜的竹提篮，形似蒸笼，直径约半米，双层的，上头紧扣斗笠式盖子。

这种提篮，是可以用来防止猫咪偷吃食物的，故名"饿死猫"。

那年正月，还没过十五，饿死猫里面装满了好吃的东西。这天我感冒发烧，躺在卧房，大人下地劳动去了。

开始时，厨房里静悄悄的。不一会儿，老鼠们闻到了食物香味，纷纷出洞，从地面、灶台、桌子、房梁发起了一场"立体战"，他们瞄准了饿死猫，身子一个个挺得像海鸥，叽叽喳喳，上蹿下跳，"乒乓"直响，让我很是恐惧。

我抑制住心慌，想一想大人们经常说的饿死猫那神奇的安全性，心里有了几分踏实感。

然而，意外还是发生了。只见一只老鼠爬上房梁，咬断了系在上面的吊绳，饿死猫"咣"的一声落地。老鼠们蜂拥而上，"叽叽喳，叽叽喳，叽叽喳……"好似小提琴合奏着一首"耗子舞曲"。我心疼得直掉眼泪，那么多的美食啊！简直像是一笔巨款被抢走了一般，痛惜不已。

危急关头，我家的猫咪回来了！他是一只功勋卓著的老猫，捉拿老鼠本领高强。这猫咪年龄比我还大，长着一身像老虎一样的花斑毛，我称它"虎哥"。每当见到老鼠，

尊重规律看本质

我总爱嚷嚷"虎哥来撴"（撴 tú，方言中打击的意思）。时间长了，大伙儿索性称呼那猫为"虎哥来撴"。

虎哥来撴闻鼠则喜，一个箭步，"嗖"地跃上窗户洞；又一个俯冲，"嗖"地扑向"饿死猫"，逮鼠一只，余鼠遁去。

"喵呜，喵呜。"虎哥来撴心里美滋滋的，先吞下老鼠，再开始享用鱼肉。真是不巧，他刚一个张嘴咬下去，我妈回来了。见那一地狼藉，我妈又是心疼，又是气愤。

"妈，不是猫干的……"我赶紧解释。"我都看见啦，不是猫干的还能是谁干的？"没听我说完，我妈便操起扁担劈头盖顶杀将过去，"哇"一声吼叫，老猫便逃之夭夭……此后，我家的虎哥来撴再也不见了。

时隔几十年，不知怎么的，我总忘不了这件事。前不久我回家，跟我妈说起这桩"冤案"，她有些老泪闪烁。

鱼钓人

　　公园旁边有条风景秀丽的小河，两岸每天有很多很多人钓鱼，那点位挨挨挤挤，垂竿如柳。

　　奇怪的是快十年了，只有每年冬天有人钓上一二条大鱼，但钓鱼人还是热情不减，人气还越来越旺。

　　到了第十年的冬天，一个秘密不胫而走：每年冬天那一二条鱼，是公园管理人员为了给这里带来人气而放进河里的！

　　从此，河边垂钓者烟消云散，再无一人。

爱护自然保家园

水神走了

拜拜!

　　你知道，大地上为什么有许多寸草不生的荒山、沙漠吗？据说是因为水神被赶跑造成的。

　　很久以前，大地干旱许久，各路神仙催促水神赶快降雨，水神表现得不耐烦，动作慢了一点。神仙们说："你不下雨就算了，离了你地球就不转啦？"

　　水神一气之下真的不干了，跑到了遥远的天外，当上了一颗星星，也就是现在的水星。

　　离开了水神，地球真的还继续转动，然而就是大地干旱日益严重，不久，出现了成片成片的荒山沙漠。

天帝鸟瞰四下，在风吹日晒下，大地像是一张绵纸一片片迅速脱去最后的水分。天帝忧心忡忡，惊呼："如何是好？如何是好？"他派员下凡调查，弄清了原因，天帝知道后连说："可惜！可惜！"

此时，诸神仙拍着胸脯说："不要紧！不要紧！"他们有的说："只要地球能转动，大地绝不会荒芜！"有的说："我能降水，我能降水。"天帝说："那你们试试。"可数月过去了，几年过去了，谁也没有降下水来，大地加速干枯，万亩良田、深山密林从翠绿变成了枯黄。

天帝急了，亲自下到大地，打着灯笼，没白天黑夜地寻找能够降水的神仙，最终找到了，这就是龙王。

用了一段时间龙王，天帝发现，龙王倒是能布云降雨，但能力有限，而且爱走极端，经常降水过度，带来洪涝灾害！

天帝说："看来，光靠地球转动还是解决不了问题啊，暂时只能这样了。"他十分怀念水神，说："走一位神仙，毁了我一片事业。神仙难得，我们要尊重每一位神仙，以后要是能把水神再请回来就好了！"

抽桶泵里的奥秘

地处大沙漠边沿的 Y 城，中心广场矗立着一个大型雕塑，造型是一个抽桶泵，流着涓涓面条水。成为这里的城市地标。

Y 城，很久以前是一个小村落，名叫义马庄。同时期，相邻的还有大马庄和上马庄，他们早已消失在沙漠化的进程中。三村落的兴衰，与一个叫抽桶泵的器具相关。

当年，随着沙漠化蔓延，当地水源日渐短缺。其中大马庄、上马庄各有一个财主做起了经营桶装水的生意。按照村名，人们分别称他们大马爷、上马爷。二人开挖水井，做了许多木桶，把水装进桶里销售。水桶装有一个抽桶泵，用于往外抽水。

一段时间后，大马爷的生意火了起来。细心的人们发现，他的抽桶泵管径比常规的略大，水卖得快，销量大。上马爷发现后效仿，抽桶泵管径做得比大马爷略大；大马爷又不示弱，再略大一点。就这样你大一点，我大一点，把抽桶泵管径做到了二三寸，甚至碗口那样大。大马庄、上马庄一时间开出了好几口水井。

大马爷、上马爷的桶装水很受年轻人喜欢，抽二三下可取一盆水，大家冲澡、洗刷不费事，用得很是痛快。时间一长，人们把用大管桶装水当作富裕、时尚的象征。连外村人也纷纷赶着马车来买水。

水业带动和影响了其他产业。在大马庄、上马庄，一时间这种"大容具"式的促销方式推广开来。种烟草的串通做烟管的，只做大头烟管不做小头烟管；卖粮食的串通卖碗的，只卖大碗不卖小碗；买木材的串通造马车的，只做四轮的不做两轮的……人们上班挣钱机会多了，日渐富裕，穿新衣、盖新房，村上一派富足的景象。姑娘们都纷纷往大马庄、上马庄嫁。

此时，义马庄依旧使用着原先那口老井，不经营水。他们为了节水，也把水装在桶里用，抽桶泵管径仅一寸，出水像面条，被人叫作"面条水泵"。人们生活虽然朴实无华，但每年还省出水来植树造林，绿植覆盖面积逐年扩大。

八年后，大马庄、上马庄水井干涸，大马爷、上马爷投资开挖了深井。一些桶装水上的抽桶泵还升级成了淋浴器。义马庄的老井水位依旧。

又八年后，大马庄、上马庄深井出现干涸，大马爷、上马爷弃井，抽桶泵、淋浴器成了沙丘里的废弃物。大马庄、上马庄村民赶着马车到义马庄借水。

再八年后，大马庄、上马庄村头稀有的树枝，挂着稀有的一些绿叶在风中"嗖嗖嗖"摇曳，成为这里唯一的生命迹象。义马庄上的抽桶泵依然流淌着源源不断的面条水，这里绿树成荫，人丁兴旺，变成了一个熙熙攘攘的集镇。

当地一个神秘的说法流传开来："面条水泵是天帝赐予人类的神器，一寸管径乃天帝定制，改之则断生命之源。"之后，面条水泵成了当地世世代代的图腾。

爱护自然保家园

鹅卵石的祸福

（一）

古时候，大海之中有一个小岛，岛上有几处很深的山体夹缝，能够聚积岛面的大部分雨水。住民把这几处山缝叫作"水井"。

随着人口增多，生产发展，用水量加大，井里水位渐渐降低，人们打水要用很长很长的井绳，很是费劲。

这时，有人献出一招：捡来岛上的鹅卵石往井里扔，用于抬高水面。岛上头人说："这个办法好！"他立了个规矩："谁打多少水，就往井里扔差不多同样体积的鹅卵石。"井里水位不再下降，大家取水方便，皆大欢喜。

许多年过去了，岛上的鹅卵石被捡没了；往后，普通石块也被捡光了。水位又是持续往下降。怎么办？

有几个人看中了商机。他们雇人到海底捞，去岛外运，弄来鹅卵石卖，自己挣钱。岛民们买了鹅卵石"咣啷"往井里扔，那鹅卵石生意可火啦！

井里水位一天比一天高，大家用水痛快了，生活质量有了提高，都说："这都是鹅卵石造的福呵！"人们还给卖石头的老板起了个漂亮的绰号，叫他们"鹅卵石"。

还是头人睹始知终，"要这样扔下去，等到把井填满了，那就聚不了水啦！"没过几年，果然有一处井被填满了。岛民没水用了，无奈，纷纷弃井离乡。这时，岛民又有人说:"鹅卵石不是福,而是祸呵!"

一天,大家一起商量。几位老大爷一边"吧嗒、吧嗒"抽着烟袋,一边唠叨,说:"鹅卵石这个东西是死的,没有什么福啊、祸啊的,重要的是大伙儿得管住它。管住了就是福,管不住就是祸。"头人听了赞同,于是全岛居民共同参与,一起制定了一个新规定:今后所有的水井,水面离地面必须保持在一丈半以上,低于这个深度,禁止买卖鹅卵石。还派了专人看守水井。

这样一来,井里水位被稳定住了。许多年过去了,人们还是过着无忧无虑的生活。

(二)

时隔不久,头人过世,需要推举新头人。几位"鹅卵石"老板踊跃报名,而普通岛民谁都没报,都说:"当头人是个苦差使,也不得啥好处,'鹅卵石'老板想当就让他们当去吧!"

经推举,一位"鹅卵石"老板当了新头人。

上任伊始,他就说:"不要管水井填满不填满,大家都有脑子,眼看没水吃了,自然就会不再往里扔石头了。"于是,破除了前任制定的限制性规定,撤走了看井人,改成由他家人"无偿"管理维护水井。打那以后,源源不断的鹅卵石又是被"咣啷"往里面扔,那鹅卵石生意再度火爆起来。岛民们用水倍增,很是尽兴。那头人还制定一套新规矩,规定了啥时扔石头、扔什么样的石头等,从此,他自己的石头变得最好卖,很快成了岛上首富。

人们很快看出了个中"猫腻"，都说："现在当头人真是个肥缺啊！"其他几位"鹅卵石"老板眼红了，说："好饭不能让他一人吃了！"他们抱团围攻头人，头人妥协，相互约定"今后头人每年一选，人人投票，任期最长不得超过三年"。此举深得许多人拥护，都说："这是个好招，民主选举，公平竞争啊！"

选举开始了。普通岛民没有一人参与竞选，只有几位"鹅卵石"老板东奔西跑推举自己，向大家许诺这、许诺那，施舍小恩小惠，还将自己的石头生意让岛民来参股。结果拥有股东最多的一位"鹅卵石"老板当上了又一任新头人。

新头人一上任，又是借故修改规定，使得他的石头最好卖。井里石头越扔越多，不久水位离地面不足一人高了，岛民用水再度告急。人们只得自采地表水，许多人饮用后患上下痢，有的岛民开始撤离海岛。其间头人几易其人，几次均由"鹅卵石"老板高票当选，对此急情，当选者个个视若不见，听若不闻，尽管他们在野的时候也起劲地攻击头人这也不是，那也不是。

岛民们聚集到头人门外呼吁："不要再往井里扔石头了！"头人召集几位"鹅卵石"老板商量，有一位说："岛上要是真的没人了，咱们生意也就做不下去啦。"另一位则想出一招，"不要紧，等到水井填满了，咱几个再雇人把石头捞出来，让岛民把石头买走，买多少石头可从井里打多少水。"几位拍着大腿哈哈大笑，"妙！妙！妙！"

水井供水日益紧缺，自采地表水的人越来越多。一年夏天，岛上八九成人得了下痢，死人百余。几位痛失亲人、披麻戴孝的男子，率领大家操起扁担、锄头、铁耙，来到海边阻止老板运来的鹅卵石上岸，说："我们拼啦！"还责问："大家的命重要，还是你们老板的鹅卵石重要？""咱岛上的几口井，是用来养人的，还是养鹅卵石的？"岛民们踩翻一船鹅卵石，头人发怒，招来另外一些岛民镇压，死伤数人。头人还振振有词，"鹅卵石就比命重要，岛上的井就是用来养鹅卵石的，怎么的！"还有个别人跟着喊："宁要石头不要命，宁为石头而献身！"此时，一个反常的巨浪铺天盖地扑来，将在场所有人（包括头人）吞噬。不知大海是发疯了，还是发怒了！

然而，好像什么事都没有发生，又有一名"鹅卵石"当选为头人。石头继续"咣啷"往井里扔，山缝井终于扔满了石头，灭顶之灾终于来到了：雨水统统往海里流去，岛民死亡的死亡，离岛的离岛，岛上人口所剩无几。

在离岛的一条船上，又是几位叼烟袋的老者，凄惨地唠叨，都说："啊呀！咱岛上的石头怎么不听人话了呢？人的命运被石头摆布了呢？关键是往井里扔不扔石头这个事情，压根儿就不应该由卖石头的人来管！""是啊！是啊！"一船人如梦初醒。

（三）

数百年之后，为了寻找水源，开发荒岛，朝廷派人来勘察。有人介绍，传说很久以前，岛上住有好多人家，后因缺水，这里没有了人烟。一位老人记得，他小的时候，

爱护自然保家园

听奶奶讲过一句话："这是鹅卵石闯的祸。"

这鹅卵石与水荒究竟有什么关系？勘察官纳闷。细细观察，发现一个怪现象，这么大一个海岛，居然陆面很难找到一块鹅卵石，连其他石块也很稀有。还有人说："'鹅卵石'不是真的石头，而是一个人的名字。"

这事成了一个天大的谜！勘察官经多方了解，查阅有关资料记载，上述传奇故事终于水落石出。

勘察官很快找到了那几口山缝井的旧址。

怎么恢复山缝井供水？解铃还得系铃人，官员发动岛民把井里石头一点点挖出来。决定把此事包给老板，由他出资从井里取出鹅卵石，再卖给岛民，岛民凭拥有的鹅卵石打取井水。

这次官员很明白，立了一条规矩："能不能从井里挖石头，挖多少石头，啥时挖石头，不能由卖石头的人来管。"

从此，卖石头的人再也没有当过岛上的头人，山缝井一直保持着一个合适的水位，每年供给的水量也大致如初未变。

岛上世世代代兴旺发达，长盛不衰。

万事如镜

摇钱的树

（一）

有一个古村落，叫丁家墩。村边有个硕大无朋的古树蔸，残根依稀可见，鼓囊隆起。传说，原先这是一棵神树，可摇下钱来。

丁家墩是个湖墩（湖中露出水面的地块），方圆几十里渺茫无边，水天一色。古时候，墩上森林茂密，大树参天。可湖墩十年九涝，每当夏季来临，经常水漫地面，淹没农田，颗粒无收，民不聊生。

有位姓丁的小伙子，为改变湖墩面貌，提出一个大胆设想："砍伐树木，筑堤防洪，打造水车排涝。"可是人心不齐，他苦闷于筹不到钱财来实现宏图大志。一天夜里，丁小伙做了一个梦，梦见墩上来了一位仙家，给他家地里插了一双筷子。仙家微笑着朝他拱手，说："功德主无量福，筷子会帮你心想事成啊！"

来年春天，丁小伙惊奇地发现，去年梦见仙家插筷子的地方长出两棵连体银杏树，没过几年长成了参天大树。有一个深秋夜，银杏树忽然焕发出耀眼的光芒，传出"嗡嗡"的响声，大树居然转动起来，越转越快，响声传遍了整个村落、整个湖面。转着转着，村上各家各户的财物纷纷扬扬从屋顶、窗户飞出，被吸附到银杏树里，然后变成金块砸落到丁小伙家的地里。这下，他发了大财，墩上住

爱护自然保家园

民家家户户变得一无所有，穷困潦倒。而丁小伙机会来了，他把其他住民雇去打工，很快就实现了自己的计划。湖墩不再洪涝，年年旱涝保收，人们饱食无忧，安生乐业。

（二）

然而，好日子像吃山核桃，大家吃了一阵感觉皮太难剥。没几年，人们感到长年累月修堤、排水、耕种，劳作无休，都盼望干活轻松一点，活得再好一点。

丁小伙又发奇想，找人商量，"砍伐更多树木，制造风车，利用湖墩风力资源带动风车，再带动水车排洪，以便减轻体力劳动，开垦更多土地生产粮食；还可用风能作动力碾米磨面，加工粮食，改善生活。"造风车，钱哪里来？丁小伙发愁。又是一个深秋夜，银杏树再次"嗡嗡"旋转起来，随即家家户户财物又被吸附一空，丁小伙再次收获了一地的金块。住民又来给丁小伙打工，不久造出了风车。湖墩成了鱼米之乡，人们丰衣足食，村富民安。丁小伙也成了财主。

（三）

然而，好日子像挠痒痒，总有挠不着的地方。丁家墩环境闭塞，交通、通信不便，大家感到生活单一，向往活得更自由自在一点。

丁财主又提出创意与大家交流："伐木造船，租给住民出入湖墩，为交通、通信提供方便。"他想："钱的问题不用愁了……"果然，又是一个深秋夜，银杏树以同样的方式落下金块，伐木造船迅速变成了现实。从此，湖墩内外互通信息和物品，人们来往自由，饮食丰富，生活多彩起来。

（四）

然而，好日子又像红烧肉，一吃就腻。许多人开始厌恶劳动，终日安于享乐，身体也发福起来。有的人得了一种"肥胖病"，经常深夜暴死。住民们热切期望治好自己的病，生活过得美好一点，再美好一点，欲望在无限增长。

丁财主琢磨："过去是没得吃饿死，现在吃多了撑死，吾类先天不足，难享天赐之福。即使有钱，咱墩上也没有别的资源可以解决大家身体发福的问题。"他听人说："向西南行走 500 里，一路烧香拜佛，雇佣 1000 名采药人，上天目山深处采一种神药，人吃了可以食极无忧，乐极无悲，还能披甲长翅，长寿如龟，身轻如鹏。"丁财主称："这是好主意！此乃人种革命，吾类必享尽天福。"

至于采药所需开销，这回他早有主意："心想则事成嘛，等着吧。"又是一个深秋夜，银杏树果然又是"嗡嗡"转起，丁财主提着口袋奔向树下。可这回不见金块落下，只见树枝冒烟，不一会儿"轰"的一声巨响，银杏树燃成一个巨大的火球，映红了整个湖墩，映红了湖面，映红了夜空。不一会儿剩下一个烧焦的树苋子。

丁财主很是痛心。深夜又做了一个梦，梦见那仙家再次来到，行抱拳礼："小哥儿，物采过度则穷尽，人欲过度则生悲，乃天之约束。龟人鸟人非人也，人种革命必毁人类。使不得！使不得！"

蚕虫维权

传说，在遥远的过去，蚕虫吐丝织茧后，要等到来年春天才破茧成蛾。自从人们学会使用蚕丝以后，蚕虫大多等不到出蛾就被蚕农用来加工制丝绸了。于是，蚕虫无法繁衍后代，濒临灭绝。

蚕王找到先蚕娘娘申诉，强烈要求维护自己生命的延续权。先蚕娘娘欣然答应，禀报神农。神农诏令天下，禁止剥用非成蛾之茧。蚕农执行。

过了若干年，蚕农忍不住了，找先蚕娘娘诉苦，说："出了蛾的茧子由于蚕丝受损，抽丝率两成都不到，蚕农养蚕收益太少。"

先蚕娘娘把蚕农部落首领与蚕王找到一起谈判。

"很高兴见到蚕王！"部落首领首先讲了蚕农的一番苦衷，"我们人类长年累月，起早贪黑，辛辛苦苦地开垦土地，施肥种桑，育种喂蚕，防病除害，插秸做蔟，百般呵护蚕宝宝，为的就是取茧抽丝，用来制衣，遮体避寒，还请蚕们开恩让利！"

蚕王态度很硬，寸利不让，"该让的利我们已经让啦！我们蚕类辛勤劳作一辈子，最后做成茧衣，自己在里面待了没多久，就钻出来全让给你们人类享用，难道你们还不满足吗？"

双方僵持不下。

"啊呀！"先蚕娘娘出来打圆场，"蚕不容易，春蚕到死丝方尽……"她把蚕类热情洋溢地夸奖一通。

"得嘞！得嘞！"蚕王并不领情，"这话说的是他们人类有多么高尚的道德，我们可是虫类……别自作多情啦！"蚕王严正申明说："我们吐丝织茧追求的是延续我们自己，而不是为了满足你们人类的需求。让你们抽丝剥茧只不过是实现我们自己生存发展的手段，是让你们搭的'便车'而已，当你们的要求与我们利益不一致的时候，我们将毫不留情地把你们甩下，没什么好商量的！你们别想多占我们便宜。"谈判未果。

许多年过去了，人们缺衣少穿，忍受不住寒冷。渐渐地，越来越多的蚕农被迫违规取用非成蛾之茧抽丝制棉，蚕类再一次面临无法繁衍后代的危机。

蚕王大怒，召集众蚕商议。有蚕虫提议："大家织茧之后，别在茧壳里面休眠这么长时间了，改成五天就破茧出来。让人类来不及抽丝剥茧！"蚕王思考片刻，说："这个办法好！但五天短了点，还是十天吧，给人类让点利，这样他们才愿意种桑养育我们。"众蚕一致表决通过。

打那以后，蚕茧总是十天左右破壳成蛾。

浪费在锅里

以前，我在一个单位管事。饭堂的泔水桶里，每天都有很多的饭菜。那首《悯农》反复提及，差点儿磨破了我的嘴皮。

那阵子，我家买了一个疏通下水道的"神器"，手摇转盘可以将一根十米长的钢丝绳伸进下水道。价格便宜，才18元。不料，用了一次后，钢丝绳多处折断，我只好把它扔进了门前垃圾桶。

夫人从外面回来，说我"糟践家里东西"，便匆匆把它从垃圾桶里又拿出来，一看确实不能用了。正好路过一位物业的内行人士，说："这钢丝绳太细！"我回应夫人，道："你说糟践也对，光那钢丝绳就有一两公斤，这是糟践钢材资源哪！但不是我糟践，而是生产厂家糟践。"她说："也对！宁可生产个一百八十元管用的，也不要生产十八元没用的。"

回到单位，看到那满满的泔水桶，忽然联想：糟践饭菜也有生产环节的问题。

我提出一个口号："饭菜不能浪费在锅里。"把"光盘"工作重点转移到了后厨。经领导班子决定，出优厚条件聘进一个厨师班子。这招真灵！饭菜变香了，盘子变光了，每天泔水桶里只有一点果皮、肉骨头什么的。

我们那大厨名叫"三军"。开饭时间，我和他站在门口望去，整个餐厅一片笑脸。我开着玩笑表扬："真是'三军过后尽开颜'啊！"

恐龙吃树

恐龙是怎么灭绝的，传说是被护法神处死的。

很久以前，大地一片荒芜，洪水横流，泥洼遍地，山火四起。天庭百官都说："要创造一种高等动物管理大地。"

天龙说："我能创造恐龙。"女娲说："我能创造人。"百官说："你俩说说，恐龙、人都是什么样的？"

天龙说："恐龙一天能挖出一条河，筑起一个大坝，治理滚滚山洪。"女娲说："人一天只能抓起一小堆土，挖出一个小坑。"百官一致认为："还是天龙的方案好。"女娲尊重大家意见，便说："那天龙你先试试看吧！"不久，恐龙被造出来了。

从此，恐龙主宰大地。一时间治理洪荒，改造大地，挺有成就。但大家慢慢发现，恐龙这家伙喜欢吃树，地上森林一片一片被吃完了，大地比原来更荒凉了。

天庭百官发愁，"这样下去不行呐！"女娲一看机会来了，说："人吃草和果子，倒是不吃树。"

天龙说："治理大地还是要力气大的。恐龙吃树不怕，天庭下个规定禁止吃树就是。"护法神同意，于是天庭下令："吃树者，斩！"

从此，恐龙吃一棵树，被斩；吃一棵树，被斩；屡吃屡斩。恐龙为自己辩解说："吃树乃吾类之天性也！"

天龙焦急，呼吁："别斩了吧，这样下去，恐龙要灭绝了！"护法神说："那不行，执法必严！"

如此没多久，恐龙真的被杀尽了。

之后，天庭百官无奈地说："那只有采纳女娲造人的方案了！"

不久，女娲把人造出来了。果真，人不吃树，大地恢复了郁郁葱葱。人虽然力气小，但发明了工具，将大地治理得井然有序，变成了锦绣山河。

万事如镜

老虎上山

小时候，一个夏日的黄昏，我躺在竹榻上乘凉，摇着蒲扇，数着星星，惬意地听爷爷讲老虎上山的故事。

我：老虎头上为什么有一个"王"字？

爷爷：很久以前，老虎和人一起住在平原上，老虎经常吃人。天帝从天上朝下看，发现女娲造出来的人快被吃完了，说："这可不行！"天帝给人与老虎划分了领地，人住平原，老虎住山上。

老虎不愿上山。天帝想出一个办法，昭告天下，所有大山都是老虎的领地。老虎想："俗话说'七山二水一分田'，天下七分归自己，这倒也不错。"天帝还差人给老虎脑门上画上了三道杠，中间加一竖，说："这个符号表示，老虎是山中至高无上的生灵。"之后，老虎有了占山为王的尊严和责任感，都纷纷上山，自守一方。

我：老虎身上的斑纹怎么来的？

爷爷：那是后来，老虎在山上住了没多久，不知啥原因，坚持不住了，陆续返回平原，吃人的事再度发生。

天帝说："看来光靠自律不行！"又差人用一根根木头打造围栏，把老虎关在山里。还将围栏涂上棕、黄、黑、白等颜色，哪只老虎要触碰围栏，身上就会留下印记。

没多久，围栏被拱出不少的洞，老虎还是跑出来吃人。跑出来的和没跑出来的老虎，身上都留下了一道道色斑。

"看来，所有的老虎都拱过围栏，想往外跑。"天帝说，"光靠围栏还是不行！"

我：那现在的老虎怎么愿意待在山上了呢？

爷爷：唉！老虎冲破围栏这个事情，惊动了天庭上下，"我们给了老虎那么优厚的条件，老虎为什么在山上还是待不住？这里面肯定还有问题。"天帝派出一帮神仙，组成工作组调查。发现根本原因是，山上水土流失，光秃秃的，老虎要吃没有吃的，要住没有住的，冬寒夏热，十分难熬。

情况禀报到天帝那里，天帝下旨，让天庭每年往山上撒下一些泥土，再播下一些树种草籽。很快，大山覆盖上了厚厚的植被，随后又有了各种各样的小动物，老虎有吃有住了，十分安逸。

从此，老虎永久安居在了大山里。

万事如镜

天塌下来还有别个

关于恐龙灭绝的原因，另有一种说法：天塌下来砸死的。

龙山顶上一个山洞里，住着一公一母一对翼龙。一天深夜，母龙忽然发现，天上电闪雷鸣，星星像乱箭一样向他们飞来，越飞越近，越来越大，越来越亮。"老公，快醒醒！老公，快醒醒！天上星星砸向我们啦，你赶快去禀报老天爷，只有他能救我们啦！"公龙被唤醒，"蹭"一下爬起，着急忙慌奔外头一看，说："哦，老婆啊，不要紧，不是星星砸我俩，是整个天都塌下来了，砸的是大家。"于是，公龙迅速跑到山顶最高处呼喊："天塌下来啦！天塌下来啦！……"

公龙极目四望，大地黑咕隆咚，一片寂静。忽然一道闪电，公龙顺着瞬间的光亮望去，天底下的恐龙们没有丝毫动静。公龙失望地回到洞穴，"老婆，天塌下来还有别个呢！"母龙急了，"不！咱们翼龙不是长翅膀会飞上天吗？别的恐龙不会飞啊！"公龙说："亲爱的，你不懂！翼龙又不是只有咱俩，旁边山里就有好几对翼龙，放心吧，他们也会去向老天爷求救的。再说啦，天真要塌下来，那也还有高个子顶着嘛！"

那母龙有了几分安全感，说："老公你真聪明，有你我就不怕了！"他俩又搂着睡起大觉。

不一会儿，"轰隆隆"一阵巨响，大地火海一片，天真的塌下来了，所有恐龙毁于一旦。龙山顶上这对翼龙被挤压在两块巨石中间，断气之前，那公龙断断续续留下一句话："老——天爷哪，怎么不来救呢？怎么没高——个子出——来顶着呢？"

后 记

当我写完这些作品拿出去发表的时候，有过去的同事、熟人好奇地问："嘿，你不是写理论文章的嘛，还搞起创作来了？"我说："算不上创作，只是一点小爱好。我青年时代就经常写些小故事发表，后来放下了。"书中收入的故事均是我退休以后，最近三四年利用疫情期间"足不出户"的时机陆续写成的。

然而，要是追溯故事的生活源头，远不止这几年，而是我几十年的人生经历。我工作四十余年，干过的行当比较多，专业跨度还挺大。童年梦想一辈子只做一件事情，但命运使然形成了我的"转折人生"。回头看，这也有好处，经历一个岗位就像上一次学。每当转行的时候，总觉得世界又向我展示了崭新的一面，获得了许多别样的感悟，有的甚至是颠覆性的认知。本书也许就是我颇多转折经历所获得的一些思想结晶。

如果人生有颜色，我人生的主色调是天蓝色。我当过伞兵，在人民空军服役三十多年，遂行过作战任务，几度险处逢生，退役前正师职务，空军大校军衔。如今每当乘坐飞机，那大地山川从脚下奔腾流逝又扑面而来的时候，总有一种踏上故土一般的情思。蓝天带给我无穷的遐思和想象，作品中有许多空天概念的故事，大概源于蓝天给予的灵感吧！

书中故事除个别以笔者第一人称讲述之外，其余纯属虚构，并不针对特定的任何人和事。作品像一面镜子，不同读者特别是不同年龄、不同经历的读者，从中看到的可能有所不同，甚至大相径庭，也不一定是或者完全是作者的本意。如故事中有与真人真事相同或相似之处，纯属偶然。

　　本书写作过程中，得到了著名出版家、作家、文学评论家聂震宁先生的指导、帮助和鼓励，特此表示诚挚感谢！

水荣

2023 年秋

万事如镜